W8-CBA-532

S SPANISH BELLATIN
I Bella
I La c

D0824888

La clase muerta

Alfaguara es un sello editorial del Grupo Santillana

www.alfaguara.com.mx

Argentina
Av. Leandro N. Alem, 720
C 1001 AAP Buenos Aires
Tel. (54 114) 119 50 00
Fax (54 114) 912 74 40

Bolivia
Avda. Arce, 2333
La Paz
Tel. (591 2) 44 11 22
Fax (591 2) 44 22 08

Chile
Dr. Aníbal Ariztía, 1444
Providencia
Santiago de Chile
Tel. (56 2) 384 30 00
Fax (56 2) 384 30 60

Colombia
Calle 80, 10-23
Bogotá
Tel. (57 1) 635 12 00
Fax (57 1) 236 93 82

Costa Rica
La Uruca
Del Edificio de Aviación Civil 200 m al Oeste
San José de Costa Rica
Tel. (506) 220 42 42 y 220 47 70
Fax (506) 220 13 20

Ecuador
Avda. Eloy Alfaro, 33-3470 y Avda. 6 de
Diciembre
Quito
Tel. (593 2) 244 66 56 y 244 21 54
Fax (593 2) 244 87 91

El Salvador
Siemens, 51
Zona Industrial Santa Elena
Antiguo Cuscatlan – La Libertad
Tel. (503) 2 505 89 y 2 289 89 20
Fax (503) 2 278 60 66

España
Torrelaguna, 60
28043 Madrid
Tel. (34 91) 744 90 60
Fax (34 91) 744 92 24

Estados Unidos
2105 N.W. 86th Avenue
Doral, F.L. 33122
Tel. (1 305) 591 95 22 y 591 22 32
Fax (1 305) 591 91 45

Guatemala
7ª Avda. 11-11
Zona 9
Guatemala C.A.
Tel. (502) 24 29 43 00
Fax (502) 24 29 43 43

Honduras
Colonia Tepeyac Contigua a Banco Cuscatlán
Boulevard Juan Pablo, frente al Templo
Adventista 7° Día, Casa 1626
Tegucigalpa
Tel. (504) 239 98 84

México
Avda. Universidad, 767
Colonia del Valle
03100 México D.F.
Tel. (52 5) 554 20 75 30
Fax (52 5) 556 01 10 67

Panamá
Avda. Juan Pablo II, n°15. Apartado Postal
863199, zona 7. Urbanización Industrial
La Locería – Ciudad de Panamá
Tel. (507) 260 09 45

Paraguay
Avda. Venezuela, 276,
entre Mariscal López y España
Asunción
Tel./fax (595 21) 213 294 y 214 983

Perú
Avda. Primavera 2160
Surco
Lima 33
Tel. (51 1) 313 4000
Fax. (51 1) 313 4001

Puerto Rico
Avda. Roosevelt, 1506
Guaynabo 00968
Puerto Rico
Tel. (1 787) 781 98 00
Fax (1 787) 782 61 49

República Dominicana
Juan Sánchez Ramírez, 9
Gazcue
Santo Domingo R.D.
Tel. (1809) 682 13 82 y 221 08 70
Fax (1809) 689 10 22

Uruguay
Constitución, 1889
11800 Montevideo
Tel. (598 2) 402 73 42 y 402 72 71
Fax (598 2) 401 51 86

Venezuela
Avda. Rómulo Gallegos
Edificio Zulia, 1° – Sector Monte Cristo
Boleita Norte
Caracas
Tel. (58 212) 235 30 33
Fax (58 212) 239 10 51

Mario Bellatin

La clase muerta
Dos textos

ALFAGUARA

D. R. © 2011, Mario Bellatin
D. R. © De esta edición:
   Santillana Ediciones Generales, S. A. de C. V., 2011
   Av. Universidad 767, Col. del Valle
   México, 03100, D.F. Teléfono 5420 7530
   www.alfaguara.com.mx

ISBN: 978-607-11-0931-6

Primera edición: enero de 2011

D. R. © Imagen de portada: Jaime Higa
D. R. © Diseño de cubierta: Everardo Monteagudo
D. R. © Diseño y composición tipográfica: Fernando Ruiz

   Impreso en México

   Todos los derechos reservados. Esta publicación no puede ser
   reproducida, ni en todo ni en parte, ni registrada en o transmitida
   por un sistema de recuperación de información, en ninguna forma
   ni por ningún medio, sea mecánico, fotoquímico, electrónico,
   magnético, electroóptico, por fotocopia o cualquier otro, sin el
   permiso previo, por escrito, de la editorial.

Cualquier intento de representar una forma imposible, es de por sí una clase muerta.

TADEUSZ KANTOR

Biografía ilustrada de Mishima

de sus pertenencias desaparecidas, la cama principal. En su lugar había un montón de sillas apiladas. Vio también que las sombras empezaban a multiplicarse. Ya no estaba a su lado sólo el espectro del anciano. Aparte había otras personas, que parecían utilizar el retiro de oración a manera de lugar de tránsito.

Un tipo sin camisa, tatuado, al que Mishima recriminó su presencia, le contestó que no se explicaba las razones por las que no podían compartir el mismo espacio. Como consecuencia de no poder ser admitido sin las ropas adecuadas en la ceremonia que se llevaba a cabo en la sala principal, Mishima decidió dormir esa noche en una antigua cama que había transportado al templo meses atrás con la intención de introducirla en su celda en el momento adecuado. Ahora estaba guardada en un depósito. En ese instante recapacitó y se dio cuenta de que en su religión las celdas están prohibidas. No supo entonces dónde se encontraba. Se atemorizó. Intuyó que su entrada a un templo que se presentaba con características tan diferentes a las de su habitual centro de oración, tal vez no fuera sino una señal de que la muerte lo estaba rondando. Las personas presentes a su lado le parecieron entonces una serie de espectros expuestos a la vista.

La situación de encontrarse entre vivos y muertos —que era como Mishima se sentía en ese momento— le resultó similar a la que se presentó cuando él y otros monjes sintoístas viajaron algunos meses atrás en un autobús amarillo. Se trataba de un viaje que se iba a realizar por etapas. Cuando lo llevaron a cabo, en una de las primeras paradas encontraron un gran estanque, casi un lago, de aguas azul verdoso. En un letrero leyeron que tenía la particularidad de sumergir a profundidades sorprendentes a quien se lanzase en ellas. Mishima discutió sobre ese asunto con sus compañeros de viaje. Sostuvo que usualmente no importaba la distancia de las inmersiones. Que normalmente los cuerpos llegaban sólo a cierto nivel —con independencia de lo hondo que pudieran ser los estanques— y subían de inmediato. Los otros monjes afirmaron que aquí las aguas eran diferentes. De allí su particularidad y el motivo de incluirlas dentro del itinerario. El asunto fundamental no era sumergirse a profundidades insondables, sino que el milagro se encontraba presente en el interminable proceso de regreso a la superficie. Los monjes expresaron que allí se encontraba la prueba, en la forma de afrontar el viaje de vuelta. Usualmente, el tiempo empleado en una travesía semejante era imposible de ser soportado por un pulmón normal. Mishima y el grupo de monjes se lanzaron poco después al agua. Cayeron muy hondo y experimentó cada uno a su manera la desesperación del ascenso. Lograron, felizmente, salir todos a la superficie. Durante el trance de los monjes, el autobús amarillo siguió inmóvil en la explanada donde había sido estacionado.

Mishima volteó entonces hacia el estanque y descubrió a Dios. Lo vio amarrado de cabeza al mástil de un velero de gran calado.

A veces, durante ciertas noches de verano, cuando Mishima despierta y deambula por las habitaciones de su casa, se encuentra con algunas sombras a las que ha clasificado como propias de *longevos anónimos*. Casi siempre las sorprende alrededor de la mesa en la que suele escribir. No sabe por qué no les otorga en ese momento una dimensión mayor. Por qué razón, a esas horas de la madrugada, la existencia de insólitas auras en el espacio donde pasa varias horas seguidas trabajando no le parece algo fuera de lo normal. Esas sombras no dan la impresión de estar capacitadas para responder a ninguna de las preguntas que Mishima les pueda formular. Acostumbran comunicarse con su interlocutor como desde un sueño. Y el mismo fantasma, el que aparece con mayor frecuencia, le suele informar a Mishima que el escritor percibe las cosas del mundo como si alguien le fuera relatando lo que ocurre a su alrededor. Las siente de tal manera que los sucesos forman parte de un universo imaginario. Sólo es consciente de su existencia cuando alguna manifestación física se hace evidente. Cuando siente frío, hambre, o cuando su cuerpo toca alguna superficie. También las veces en que alguien le dirige la palabra y no tiene otra alternativa sino la de contestar.

En situaciones semejantes —oyendo la descripción de esa manera de encontrarse situado en la realidad—, Mishima ha comenzado más de una vez la redacción de una novela. De una en particular. De cierto texto que siempre ha deseado escribir, pero le parece estar incapacitado para llevar a cabo en su totalidad. Uno que trate de una mujer que prepara una olla de arroz. *Todos saben que el arroz que cocinamos está muerto*, ha escuchado Mishima repetir infinidad de veces al personaje inexistente. *Todos conocen también cuál es el destino de cada ración*, contesta otra voz que parece provenir del fondo del texto.

El tono de las voces ocultas que acostumbra generar ese libro irrealizado, le suele hacer recordar a Mishima —quizá por su carácter de irrealidad— la expectativa generada cierta vez en que se creyó que había ganado un importante premio literario. Al conocer la falsa noticia, un grupo de personas esperó con ansia que Mishima regresara de París. El avión se había retrasado. Pocas horas después, Mishima tenía que emprender otro viaje. Posiblemente de nuevo a París. Quien se encontraba más atenta a los acontecimientos era su agente literaria. Ella parecía encargarse de la situación. El salón de la casa de su agente guardaba para Mishima una extraña relación con la estancia de su abuela en los tiempos de esplendor familiar. El escritor saludó brevemente a quienes se habían dado cita en esa sala, y salió luego a la calle. Cuando llegó a la esquina se encontró con un pastor belga malinois acompañado de su dueño. Mishima había escrito algunos libros sobre esos perros. El ejemplar era de un rojo intenso. El hocico negro.

Lo llevaba un tipo obeso parecido a la primera sombra que se le apareció en la supuesta celda del templo sintoísta al que solía acudir. Era un sujeto conocido en el ámbito de las letras. Mishima no estaba seguro si se trataba de un poeta, de un narrador o de un crítico literario. Tenía en claro, eso sí, que no gozaba del menor prestigio. El perro tenía unos largos colmillos, que curiosamente le salían de abajo hacia arriba. Eran delgados y puntiagudos, casi como los bigotes de un gato pero colocados en forma vertical. Se hacía extraño, pero no parecían afectar la faz del perro. Continuaba siendo bello. A Mishima le gustó el animal. En determinado momento el hombre le preguntó si deseaba quedárselo. Mishima lo dudó. Pensó que sus pelos podían quedar flotando en los ambientes de su casa. Pero al mismo tiempo le halagó y hasta pareció entusiasmarle el ofrecimiento. El hombre le informó que desde hacía algún tiempo regalaba ese perro a todos los escritores que llegaba a conocer. Que la mayoría lo aceptaba en su momento pero que, uno a uno, lo terminaban devolviendo. En ese instante a Mishima le dejó de interesar la propuesta.

Mishima solía recordar algunas veces otra raza de perros.

Una que vio por primera vez en un malecón. Se trataba de una especie que provenía de una estirpe de perros peleadores. Mishima al principio lo confundió con un dogo argentino. En efecto, el color y las formas —anchas y redondeadas— denotaban un pasado en común entre las dos razas. Pero lo que más llamó su atención fueron las cicatrices que aparecían en el lomo y parte del cuello. El perro lucía un grueso collar provisto de púas. Era similar al que acostumbran llevar los bulldogs en las caricaturas. Su cadena era sujetada por un hombre enclenque de poco más de cuarenta años. Se parecía al rector de la universidad en la que Mishima cursó parte de sus estudios, lugar donde conoció a la mujer con la que al principio de la conferencia realizó el intercambio de zapatos. Aquel hombre dirigía la universidad de manera recia. No mostraba, ni por asomo, la delicadeza del profesor japonés que hablaba en este momento sobre el escritor Yukio Mishima.

En la parte trasera de aquella universidad existían tres cabañas de madera, rústicas, donde se refugiaban en las tardes los estudiantes con inclinaciones artísticas. En una de las cabañas había un piano, que era tocado de manera incansable por un muchacho que trataba de fusionar lo clásico con lo contemporáneo. En otra existía un espejo y una barra de ballet, donde una maestra intentaba que los cuerpos de los alumnos lograsen movimientos precisos. En la tercera cabaña Mishima leyó por primera vez sus textos literarios. Parece que ya desde entonces tenía la idea no sólo de recrear a una mujer cocinando una olla de arroz, sino de hacer un relato cuyo personaje principal fuera un poeta ciego. Deseaba en el libro del poeta construir un personaje que fuera una suerte de estudiante de teología de alguna institución de Europa Central. Sin embargo, siempre que intentaba crearlo aparecía, en lugar del estudiante, un hombre ciego y anciano. Mishima creía que se le presentaba alguien semejante porque estaba convencido de haber conocido el mundo demasiado tarde. Sólo lo comenzó a descubrir cuando su cabeza fue separada del cuerpo.

Algunos años después de su muerte, unos dos o tres aproximadamente, Mishima llegó a tener en su poder un pasaje para viajar a Europa. Como no tenía el dinero necesario para afrontar semejante viaje, buscó un pretexto que le pareció contundente: visitar Alemania siguiendo el camino de la talidomida, fármaco prescrito para mujeres embarazadas que causó malformaciones en cerca de cincuenta mil recién nacidos. Informó a todos a su alrededor que necesitaba saber de manera personal lo sucedido con la sentencia dictada casi cuarenta años atrás contra los laboratorios Grunewald, fabricantes de la medicina. Quería conocer cuál era la situación actual de las víctimas nacidas en el extranjero. Aparte de realizar el viaje, Mishima parecía querer justificar su falta de cabeza —la que en realidad le había sido cercenada con una espada— diciendo, generalmente a la prensa de provincia, que no contaba con ella porque a su madre le fue recetada talidomida durante el embarazo.

Para sostener semejante estratagema, Mishima informó, a los que lo rodeaban en ese entonces, que se había enterado de que en la República de Corea habitaba un médico ortopedista que trabajó de cerca, durante muchos años, con los afectados por la talidomida. Es por eso que el ansiado viaje se inició en la ciudad de Seúl, donde llegó para ponerse de acuerdo con aquel médico sobre la estrategia a seguir con respecto al laboratorio demandado. Desde allí tomó contacto con una serie de instituciones que se crearon durante los años del juicio para velar por los intereses de los talídomes. Por las desalentadoras respuestas recibidas semanas después, constató que ya casi no quedaban víctimas sin indemnización. La mayoría de las asociaciones de defensa se habían desarticulado. Sin embargo, algunos de los antiguos integrantes le prometieron que se reunirían nuevamente para buscar alguna solución a su caso. Frente a la posibilidad de recibir una respuesta negativa —y con eso se diluiría el pretexto para continuar con el viaje—, abordó el avión antes de que le notificaran sus conclusiones.

Mientras iba en busca de los resultados que lo calificaran oficialmente como talidomídico, Mishima pensó —quizá porque aquella tragedia había tenido a niños como víctimas— en cierta piedra caliza llamada *utchu* por los pobladores de algunas zonas del norte de la isla donde nació. La *utchu* es una piedra rugosa, parecida a la pómez, con la cual las mujeres de la región raspaban las piezas dentales de las niñas. Mishima reflexionaba, mientras ponía en práctica sus planes de viaje, que cualquier dentista hubiera calificado de demencial una práctica semejante. Incluso una serie de investigadores trataron de desvirtuar las propiedades de esas piedras, demostrando que la fortaleza que presentaban las dentaduras era producida más bien por factores de orden genético. Las ancianas de esas zonas sabían que perder una pieza era comenzar a desprenderse de una parte de la vida. Cuando recibían el último anuncio, es decir, cuando caía el último diente, debían prepararse para la muerte. Aquel trance tendría que ser realizado después de la celebración del Ritual de las Luciérnagas. En aquella región se hablaba de la existencia de cementerios exclusivos para mujeres desdentadas, donde era posible apreciar las osamentas ovilladas en agujeros que las mismas víctimas habían tenido que excavar. Las ancianas señaladas abandonaban los poblados después del último día de fiesta, cuando la desaparición de un habitante no era advertida por nadie. Algunas lo hacían entonando en voz baja el *putuhuasi*, canto ceremonial, mientras iban esquivando a las personas dormidas en las calles después de la celebración. Ese canto les había sido enseñado desde la infancia. Otras no se atrevían a emitir ningún sonido. Generalmente, las mujeres que se dirigían en forma silenciosa a la muerte eran aquellas que en cierto momento de sus vidas habían encontrado, de improviso, una piedrecilla en el arroz que estaban cocinando.

En determinada oportunidad, el hijo de una tía de Mishima y el propio Mishima coincidieron en una azotea. Sus casas eran contiguas. El hijo de la tía, su primo, limpiaba la jaula de un pequeño perico. En un descuido el ave salió volando. Ver a ese perico revoloteando en el aire hizo que Mishima sintiera por fin en ese momento algo parecido a la felicidad.

La sensación que Mishima creyó experimentar admirando las plumas desprendidas del pájaro, no había sido capaz de hallarla en ningún momento que permaneció con vida. Quizá por eso intentó, una vez que su cabeza cayó rodando por el tajo que sufrió, crearse más de una vez la ilusión de encontrarse viviendo en familia. Se acostumbró a hacerse a la idea además de que habitaba en las afueras de una ciudad desconocida.

Mishima debía realizar, en la población quimérica donde suponía contaba con su domicilio, visitas esporádicas al centro comercial. Se alimentaba con frecuencia, junto a su familia, en un cementerio cercano. Llevaba siempre a ese lugar su propia comida. El panteón era de estilo barroco. Con mausoleos y tumbas bajo tierra. Existía, a un lado de la entrada, un patio amplio que le servía de comedor. A veces llegaban a su casa huéspedes del extranjero, quienes criticaban su convivencia con los perros que se enterraban, en un lugar apartado al de los humanos, en ese camposanto. Pero no parecían importarle sus palabras. En cierta ocasión fotografió algunos de los ángulos principales de las criptas, manteniendo en todo momento una actitud de respeto tanto al lugar como a su trabajo.

Además de la experiencia con el perico, Mishima fue feliz siempre que estuvo rodeado de animales. Hallaba una suerte de plenitud cuando los veía jugar o cuando establecía con ellos algún tipo de relación que estaba seguro iba más allá de lo cotidiano. En esos momentos no existía la tensión nerviosa que solía experimentar, la que se instauró en su vida especialmente después de su muerte. Mishima podía entonces dedicarse a escribir sin mantener casi ninguna conexión con el mundo que se desenvolvía a su alrededor.

¿De qué río se nos habla en ese extraño exilio que es la escritura?, oía Mishima que alguien le preguntaba de vez en cuando. *Del río del poeta*, escuchaba que se respondía a sí misma esa voz, *el que sólo algunos peregrinos pueden conocer pero de cuyas aguas casi todos se encuentran impedidos de disfrutar.*

Cuando Mishima oía un diálogo semejante, la realidad solía tornársele confusa. Era difícil, entre otros detalles, darle unidad a los textos que estuviera escribiendo en ese momento. Siempre de manera desordenada iban apareciendo en su mente —aparte de la escena del perico— lugares que le producían un gozo extremo. Advertía casi de inmediato la llegada de una serie de sujetos. Generalmente se trataba de figuras espigadas que cruzaban de sur a norte la habitación en la que estuviera presente. Esos seres sencillamente caminaban delante de su persona. A veces eran las mismas sombras que veía en su celda del templo sintoísta. Mishima sabía que acostumbraban dormir en casas derruidas, de las que poco a poco se iban adueñando. Las solían utilizar sólo como dormitorio de paso. Al día siguiente se instalaban en otra propiedad y, después de algunas jornadas de tránsito por diferentes moradas, volvían a la primera. Cruzarse con esas figuras no representaba un peligro mayor. Eran seres inocuos, para quienes la violencia parecía significar un esfuerzo demasiado grande como para llevarlo a la práctica.

La felicidad plena, la que Mishima creyó experimentar cuando recordaba al perico de su primo escapando de la jaula, se le manifestaba también cuando era consciente de que los objetos perdían a veces conexión con lo real. Esa misma sensación debían haber experimentado las hermanas de su madre, muertas de manera trágica, cuando vinieron del más allá y lo vieron como a un ser deforme. Pese a su estado actual, las tías habían conservado casi intacta su belleza. Cuando estuvieron frente a Mishima hicieron alusión a su cuello. Afirmaron que se había encogido y anchado al mismo tiempo.

Muchas veces Mishima dormía más de lo necesario y contestaba solamente cuando alguien lo tocaba físicamente. Mishima comenzó a escribir este texto en el año de 1993, cuando se mudó a una nueva casa. Tal vez la causa para redactarlo fue un incipiente estado maníaco que empezó a experimentar desde principios de aquel año. En circunstancias semejantes le era casi imposible realizar en forma normal acciones tales como comer y dormir.

Nunca quise robar nada, gritó Mishima cierta madrugada cuando caminaba por una calle desierta. Ni las plumas de sus compañeros de estudio, ni las botellas de licor que debía obsequiar a fin de año a los maestros de la escuela para aprobar los cursos. Añadió que era intolerable la sensación no sólo de haber hurtado en forma impune, sino la de no encontrar a veces dónde esconder el cuerpo avergonzado. Insoportable el terror a comportarse de manera normal, modo de conducta que suele traer como consecuencia únicamente alguna amistad poco profunda y una que otra invitación a alguna fiesta popular.

Cada vez que Mishima deseaba llenar con palabras las superficies en las que iba escribiendo, aparecían descritas varias enfermedades. La mayoría eran de carácter mortal. Otras tenían algún tipo de curación. Usualmente los afectados terminaban salvándose de la muerte, o las narraciones acababan antes de que se supiera cuál era el destino final. Ahora parece ser el turno de escribir sobre un primo, no al que se le escapó el perico sino otro, que sufrió de un mal en los pulmones. La angustia en que pareció sumirlo la repentina muerte de su madre llevó a este pariente a hacerse aficionado a sustancias adictivas. Todo parecía indicar que el tipo de vida que adquirió hizo que se *tocara del pulmón*, que era como se nombraba en ese entonces a aquellos que contraían tuberculosis. Durante aquel trance su novia no lo abandonó en ningún momento. Mishima tenía otro primo que también se volvió adicto. Pero él no se enfermaba nunca, al contrario, se le solía ver bastante sano. Lamentablemente nunca logró superar su problema. Pasó la mayor parte de su vida recluido en una serie de instituciones. Sus padres incluso lo llevaron en cierta ocasión a la República China para probar un tratamiento a base de agujas. En la época en que el primo cayó enfermo del pulmón, las medicinas para combatir ese mal estaban ya al alcance de cualquiera. No como algunos años atrás, cuando a pesar de que ya existían no era fácil conseguirlas. Por eso la familia de Mishima vio morir, sin poder hacer nada para salvarla, a una tía soltera. Mishima tenía también un cuarto primo, que trabajaba en los Estados Unidos. Su trabajo consistía en treparse a los postes de luz para cambiar los focos fundidos. En ese país vivía también otro pariente de Mishima, adoptado, que no estaba seguro nunca ni del nombre ni de la zona donde se ubicaba la ciudad donde quedaba su casa. Sabía, eso sí, que estaba situada en las cercanías de un aeropuerto.

Durante cierto amanecer, Mishima recordó en forma repentina a su abuelo materno. Lo vio acostado en su cama de enfermo con las extremidades cercenadas. Primero los médicos intervinieron una pierna. Meses después, la otra. Luego de un tiempo el brazo derecho y poco más tarde el izquierdo. Cuando Mishima lo contaba, nadie le creía semejante historia. Ni siquiera Morita, el compañero que estuvo a su lado hasta el final.

Morita, personaje que terminó cortando la cabeza de Mishima con una espada, recibió durante su vida una educación que podría considerarse inadecuada. Su madre no contaba ni con el tiempo ni con el dinero suficientes como para ocuparse de ciertos aspectos de su hijo, quien desde pequeño se empeñó en leer todo aquello que tuviera a su alcance. Físicamente no tenía posibilidades de un desplazamiento pleno, pues una enfermedad en los bronquios lo atenazaba de manera constante. A veces la madre le compraba libros en los puestos de periódico. Ella no tenía la costumbre de leer, y quizá esas adquisiciones eran una manera de expresar el amor que sentía por su hijo. El maletín escolar de Morita estaba provisto de un compartimiento para los ejemplares que le regalaba su madre. Morita asistía a una institución donde se educaba a los niños con problemas respiratorios. Contaba con una enfermería premunida con algunos tanques de oxígeno y distintas dosis de medicamentos inyectables. Con el tiempo comenzó a escribir. Fue alternando sus lecturas con momentos esporádicos de creación. Primero fueron algunos relatos cortos con dibujos que ilustraban las escenas. En uno de sus primeros textos se describía a la familia de un leñador sentada a la mesa. El padre, presente en la cabecera, parecía imposibilitado para pronunciar la palabra amén. Su hijo —un adolescente que minutos después se transformaría en algo así como en un ser de fantasía— acababa de salvar a una joven en el bosque. Cuando la madre descubrió la afición de Morita, comenzó a comprarle además de los libros cuadernos de dibujo y lápices de colores.

Morita publicó su primer relato a los veinte años. En esa época continuaba asistiendo a las instituciones para enfermedades respiratorias. Esperó tener los dieciocho para incorporarse a ciertos protocolos de medicina experimental. Por determinada cantidad de dinero era recluido durante algunas semanas para probar los efectos que los nuevos medicamentos producían en su cuerpo. Extrañamente ese texto fue publicado primero en un boletín que una empresa farmacéutica distribuía entre los médicos. En ese entonces Morita tenía un trabajo eventual. Cuando se lo ofrecieron, la madre se sorprendió. No entendía cómo su hijo conocía el manejo del idioma hasta el punto de ser contratado como corrector de estilo en un diario. El texto que Morita publicó en el boletín médico mencionaba a un padre sumamente religioso que huía de su familia en momentos difíciles.

Luego de su muerte, Mishima fue invitado más de una vez a París. En una ocasión fue para estar presente en el montaje de una obra de teatro que escribió poco después de perder la cabeza: *Kamikaze Taxi*. Se trataba de un relato sin mucho sentido donde un taxista *nisei* —japonés nacido en el extranjero— recorría las calles de Tokio con la intención de atentar contra el Primer Ministro. Mishima no recordaba casi nada de lo sucedido durante aquel viaje. El tiempo era gris. Se hallaba gravemente enfermo aunque lo ignoraba en ese momento. Realizó la travesía llevando únicamente un mameluco de mecánico. No había empacado ninguna muda de ropa. Dormía con lo mismo que llevaba puesto durante el día. Se levantaba tarde en la mañana e iba a los ensayos. Nunca se explicó cómo no murió durante aquel período. Las condiciones estaban dadas. Mishima sufría en ese momento de un mal mortal en una de sus últimas fases. No contaba con ayuda médica —no tenía ni seguro ni dinero—. Se encontraba lejos de todo. Su situación era más que precaria. Cuando se produjo el estreno de la obra, Mishima vivió aquella situación como si se tratara de un sueño. Ciertos amigos se preocuparon por mantenerlo en las mejores condiciones posibles. Mishima se dejaba guiar. El estreno se llevó a cabo en la Villette, dentro del marco de un festival de teatro experimental. Al finalizar la obra, Mishima debía salir a escena. Recitaba en francés un texto que casi nadie llegaba a comprender. La obra tampoco se entendió. A Mishima le reconforta no haber muerto en ese entonces. Regresó días después a su ciudad de origen. Su equipaje completo cabía en un maletín de mano. Semanas más tarde supo que su mal estaba ya avanzado, mostrando incluso síntomas que se podían advertir a simple vista. Se sometió entonces a un tratamiento médico radical.

2

Nunca supimos, los que estábamos presentes en la conferencia, la razón por la que Mishima decidió hablar de pronto de un famoso modelo de auto. Se refirió a un Datsun fabricado poco antes de la guerra. Mishima dijo que él y Morita intentaron comprar uno de esos vehículos al vecino de una hermana de la madre de Mishima. Nos dijo que la última vez que se había cruzado en vida con esa mujer fue cuando lo saludó en la calle. Mishima estaba de pie —en la puerta de la universidad donde en ese entonces estudiaba— esperando el transporte que solía llevarlo a su casa.

Por alguna razón que Mishima dijo desconocer, la hermana de la madre se enteró de que Mishima y Morita habían visitado varias veces la casa de su vecino para comprar el auto. El vecino se resistía a venderlo. Cuando supo de aquellas incursiones, la hermana de la madre los citó en su casa. Los recibió en el dormitorio. La casa era muy pequeña. Los ambientes no estaban del todo definidos. Mishima ignoraba también los motivos por los que vivía en un barrio marginal. La mujer les dijo, tanto a Mishima como a Morita, que había convocado al vecino para arreglar el asunto.

Mishima trató entonces de explicarle que ni Morita ni él deseaban en realidad comprar el auto. Le dijo que muchas veces solían interesarse en ciertos objetos sin la intención de adquirirlos, a pesar de involucrarse en forma aparentemente seria en el rito de compra venta. Les impresionaba el modelo —sabían que se trataba de un auto de colección—, pero no creían estar en condiciones de afrontar los problemas propios de una adquisición semejante. Mishima nunca supo cómo la hermana de la madre se enteró de las visitas al vecino. Lo cierto es que en ese momento se encontraban, Mishima y Morita, atrapados en una especie de compromiso. Una vez comprado el auto habría que transformarlo por completo. Arreglar la carrocería, componer el motor. Tanto Mishima como Morita sabían que ese tipo de trabajo nunca quedaba bien. Habían aprendido que los únicos autos confiables eran los recién salidos de fábrica. No querían ni pensar en lo que sucedería con un modelo de casi cincuenta años de antigüedad. Con un vehículo del tiempo del señor Hiraoka quien, cuando Mishima tenía cerca de tres años de edad, solía visitar a su madre en las tardes conduciendo un Datsun similar. Mishima recordaba que el auto del señor Hiraoka era verde con el techo blanco. Estaba seguro además de que las visitas ocurrían cuando sólo se encontraban en la casa su madre y él.

Como nos enteramos en ese momento, ni Mishima ni Morita querían hacerse cargo de un auto con semejantes características. Pero allí se encontraban. En la casa de la hermana de la madre de Mishima esperando la llegada del vecino. Ella vestía una bata. Al parecer no tenía planeado salir ese día. Su belleza era evidente. A pesar de su edad —debía haber pasado los sesenta—, su figura se mantenía contorneada. Apenas se le notaban los pechos y sus pies se mostraban blancos y diminutos.

Cuando llegó el propietario del Datsun, la hermana de la madre de Mishima lo recibió de una manera que a algunos nos pareció agresiva. Lo recriminó por no querer deshacerse del auto. Por la conversación que sostuvieron parecía que el vecino era dueño además de dos o tres vehículos similares. Los tenía guardados en una cochera cercana. La hermana de la madre señaló que el vehículo estacionado en la puerta de su casa —el que Mishima y

Morita habían solicitado— era el más destartalado de todos. El hombre parecía no escucharla. Mantuvo todo el tiempo agachada la cabeza. Según se supo después, estaba avergonzado. Dijo que comprendía sólo en ese momento la situación. Aceptaba por eso de manera plena el compromiso de compra venta. Mishima le dijo después a Morita que notó cierta maldad en la supuesta inocencia de sus palabras. Un tipo de malicia no exclusiva de ese hombre sino propia de la conducta de la gente. La hermana de la madre insistió en que lo vendiera además al precio más bajo del mercado. Ni Mishima ni Morita pudieron intervenir en las negociaciones.

En ese momento Mishima le susurró a Morita en el oído: *¿Por qué pedir como favor que alguien consiga algo que no se desea?* En aquel instante Mishima sintió —lo dijo directamente a la pantalla que estábamos observando— que no podía desperdiciar la madura belleza de la hermana de su madre en una empresa semejante. Recordaba que ella más de una vez le había pedido a su familia un favor especial. Mishima dijo que podía recordarla, muy bien vestida, solicitándole al hermano de su madre su recomendación para proponerle ciertos negocios a un amigo millonario, dueño de una empresa de ferrocarriles. Sin embargo, el hermano se negó siempre a brindarle su ayuda.

Cuando vieron sonreír a la hermana de la madre —a esas alturas había logrado que no sólo les vendieran el auto de la puerta sino los que estaban guardados en la cochera— Mishima creyó comprender las razones por las que su amigo Morita se encontraba en ese momento a su lado. Parecía buscar protegerlo de los posibles traumas de su infancia. De ciertos sueños que solían fluir a través del imaginario de Mishima sin darle descanso —más de una vez había hablado de aquello con Morita—, donde aparecía el señor Hiraoka visitando en repetidas ocasiones a su madre.

Suetoku: Acción mediante la cual somos protegidos de nuestras propias visiones. *Furashu*: Aprendiz de vidente sin la experiencia necesaria para discernir a cuál de los estados pertenece cada aparición que se les suele presentar a los consultantes.

3

Como estaba escrito en el texto redactado por Morita cuando era joven, la familia de un leñador se encontraba sentada a la mesa. Para Mishima —quien no había dejado de hablar desde que apareció delante de nosotros— aquella situación no era del todo normal. En el cuento de Morita se leía que el padre, presente en la cabecera, daba la impresión de estar imposibilitado de pronunciar la palabra *amén*. La noche anterior su hijo acababa de salvar a una joven en el bosque. Ahora ese hijo debía ocupar, dentro del escalafón de la familia, el lugar privilegiado. Por eso las autoridades del poblado enviaron esa mañana un huevo al hogar. Un huevo que cierta mujer de faldas negras había dejado caer contra las gradas del templo principal. Un huevo quebrado que la familia no tardó en colocar en el centro de una fuente. Más tarde debían llevar a la cabaña del leñador a la joven rescatada. Había que preparar, después de que el hijo expresara la palabra sagrada y pudieran así comer en paz el huevo enviado, el lecho conyugal.

De improviso, Mishima dejó de hablar del asunto. Dijo que a partir de ese minuto centraría su discurso en describir una transformación. En la mutación que iba a sufrir el hijo del leñador, quien desde entonces iba a convertirse en el hombre-poema. En efecto, ante la sorpresa de todos los que nos encontrábamos en ese momento en la sala, aquel adolescente que habíamos empezado a ver se fue transformando en un hombre alto y delgado. Se le vio de pronto desnudo. El pene señalaba al piso. Su cara no parecía tener ojos sino dos nueces. Daba la impresión de que miraba con ellas al resto de la familia. A sus padres, a sus hermanos y al huevo colocado en el centro de la mesa. A continuación, ese hombre se dirigió a Mishima y le dijo en voz silenciosa, casi cansada: *"Te confieso que yo soy el verdadero hombre-poema. El que logró que una mujer de faldas negras dejara caer un huevo sobre las gradas de la escalera de un templo."*

Al volverse, el hombre-poema mostró una espalda gris cubierta de signos. Parecían pequeñas heridas causadas por una aguja. Mishima contó que en ese momento fue incapaz de descifrar los contenidos. Sólo pudo arrodillarse y lamer la escasa sangre que algunos símbolos recientes motivaban que brotara por la parte inferior. Mientras el hombre-poema enseñaba su espalda le informó que, de alguna manera, esas señales retrataban la historia previa al suicidio asistido de Mishima. Mishima le respondió que no le importaba, ni ahora ni en aquel instante, saber nada de lo ocurrido en aquella ocasión, cuando de un tajo le fue separada la cabeza del cuerpo.

Mishima le describió entonces al hombre-poema los infructuosos esfuerzos que había realizado desde entonces para obtener una cabeza profesional. Le informó que en un principio no creyó conveniente revelar públicamente —lo cual era hasta cierto punto absurdo, pues las circunstancias en las que murió fueron recogidas en casi todos los medios de prensa— que su cabeza se la había cortado Morita. Por eso informó, a ciertos periodistas de provincia principalmente, que había nacido de esa manera. Sin cabeza. Aquello, según su versión, tuvo que ver con que su madre había tomado cierto fármaco durante el embarazo. Contó también que después de enviar una serie de cartas a los grupos de apoyo para talidomídicos, que se habían creado en los tiempos del juicio en contra del laboratorio que había comercializado la medicina, consiguió que le mandaran un boleto de avión. Debía examinarlo cierto especialista de renombre mundial, quien certificaría su condición clínica. Fue de ese modo como Mishima emprendió un largo viaje con varias escalas. Los cambios de vuelo lo hicieron perderse más de una vez.

Mishima arribó finalmente a la ciudad donde atendía el único científico autorizado para dar fe de la aparición de nuevos casos de víctimas de aquel fármaco. Antes de acudir a la consulta, lo hospedó en su departamento una joven pareja. Mishima advirtió que el muchacho guardaba algunas similitudes con el hombre-poema. Era alto y desgarbado. Sin embargo, no creyó que los tatuajes que mostraba en los brazos tuvieran algún sentido. La muchacha llevaba en la cabeza un pañuelo parecido al que solía usar la compañera de universidad con quien acostumbraba realizar los intercambios de zapatos. El grupo de ayuda para talidomídicos le había pagado a esa joven pareja cierta cantidad de dinero para que mantuvieran en su casa a Mishima el tiempo que tardara su revisión.

Mishima llegó algo enfermo. Parecía presentar síntomas de gripe. El viaje daba la impresión de haber afectado su salud. La pareja compartía el departamento con una estudiante, ausente por unos días, en cuya habitación acomodaron a Mishima. Era tanto su malestar que apenas si podía mantenerse en pie. Para su mala suerte eran días feriados. Las farmacias estaban cerradas. Durmió interminables horas. Se tapó de arriba abajo. Sentía escalofríos. Permaneció en la cama mientras la joven pareja salía a trabajar. Como desempeñaban labores libres, el feriado no los afectaba. El muchacho tocaba la guitarra en la plaza principal, y la chica se encargaba de bañar en sus casas a una serie de ancianos. De pronto, horas después de su llegada, Mishima fue despertado por un grito. La dueña de la habitación había regresado de improviso —parecía no haber sido avisada de la presencia del huésped— y al abrir su cama encontró el cuerpo de un hombre sin cabeza dormido y empapado en sudor.

En los días siguientes las cosas no mejoraron para Mishima. Tal como estaba programado fue a visitar al científico encargado de darle su certificado. Pero su incursión terminó en el fracaso. Ni siquiera pudo ser revisado personalmente por el especialista. Tuvo que enfrentar a su enfermera, a quien le bastó darle un vistazo para descubrir que aquel cuello trunco no era obra de la naturaleza. Menos aún de una sustancia como la talidomida. La enfermera no permitió que pasara al siguiente consultorio. *Decapitado*, escribió en un papel que le extendió. Se le veía molesta. Dijo que estaba cansada de la cantidad de extranjeros que le hacían perder el tiempo tanto a ella como al científico. Después de aquella negativa, Mishima tuvo que volver a su tierra de origen sin ninguna indemnización. No pudo por eso adquirir la cabeza que deseaba. Le producía una profunda vergüenza que lo vieran así nuevamente. Sin cabeza y sin recursos económicos para enmendar su estado.

Por tal motivo, a su regreso Mishima comenzó a frecuentar lugares donde no pudiera ser advertido con facilidad. Se convirtió en visitante habitual de baños públicos, saunas y cuartos oscuros principalmente. Al principio le producía cierto resquemor acudir a dichos establecimientos. Temía un posible rechazo. Si bien es cierto que la luz tenue o la oscuridad total eran capaces de aminorar el efecto, tarde o temprano la falta terminaba siendo descubierta. Muchas veces sintió cómo los demás huían desconcertados al notar la ausencia que mostraba. Aunque constató también que algunos asistentes no ponían ninguna clase de reparo al advertirla. Mishima contaba con un atuendo determinado para realizar estas visitas. Tenía una camisa de vaquero —blanca con los bordes rojos— a la que le había hecho coser en el cuello un casco japonés. Sólo vestido de esa forma podía comportarse de manera decidida en lugares de esa naturaleza.

Cuando se acostumbró a vivir nuevamente en su lugar de origen, y con el dinero que obtuvo por los derechos de ciertos libros publicados en vida, Mishima nos dijo que compró un pequeño terreno situado en las afueras de la ciudad. Estaba ubicado en la cima de una colina. Con el tiempo construyó allí un bungaló. Tenía pensado utilizarlo para trabajar con tranquilidad. También para mirarlo todo desde las alturas. Panoramas infinitos. Bosques. Campos de cultivo. Desiertos que muchas veces llegaban hasta el mar. En esas circunstancias lo ofrecido a la vista nunca se mostraba tal cual era realmente, nos expresó en forma contundente. Allí, encerrado en su bungaló, llegó a convencerse de que lo único cierto en la vida era un hueco. Un espacio vacío, insondable e infinito.

Más de una vez, mirando el horizonte desde la puerta de su bungaló, Mishima llegó a la conclusión de que llegó a ser escritor gracias a la influencia de un pariente cercano. Se trataba de un tío en segundo grado que murió cuando Mishima era niño. Cierta vez creyó reconocerlo entre las sombras que en las madrugadas acostumbraban merodear su mesa de trabajo. Aquel personaje nunca se había casado ni contado con un trabajo estable. Había emprendido, de manera ocasional, algunas empresas menores como la venta de bolígrafos o de perfumes a domicilio. Aunque en determinada oportunidad mantuvo instalada durante algún tiempo una granja de pollos. Mishima, que en ese entonces asistía a la escuela primaria, se entusiasmó al saberlo. Comenzó a visitar la granja con regularidad. Lo llevaba su padre, un agrimensor retirado. Para llegar debían utilizar el transporte suburbano. La granja quedaba casi en la cumbre de una colina. Estaba situada al lado de un adoratorio sintoísta, que seguramente había sido edificado para bendecir la vida en los alrededores. Era frecuente que, al atardecer, el padre y el tío comenzaran a embriagarse. Cuando se hacía de noche, Mishima se cobijaba en uno de los galpones donde dormían los pollos. Desde allí oía las confesiones de los dos hombres. A veces los escuchaba discutir sobre ciertas mujeres extranjeras que aseguraban llegarían al país sólo para llevárselos.

Cierta tarde, durante una de sus visitas, el tío realizó una suerte de experimento delante de Mishima. Utilizó para ejecutarlo a un grupo de polluelos acabados de nacer. A uno de ellos le amarró en la pata una minúscula cinta roja. Lo dejó luego suelto entre la multitud. Bastaron pocos minutos para que los demás acabaran con él a punta de picotazos.

Una de las cosas que Mishima le agradecía en forma profunda a aquel hombre era que siempre le guardara los corazones de los pollos sacrificados. Se los enviaba luego a su casa. A Mishima le agradaba sentir sus texturas. Hacía que los hirvieran y los iba comiendo uno tras otro. Era también una manera de recrear, desde la distancia, lo que en ese momento estaría ocurriendo en la granja. Veía a su tío rodeado de las aves que criaba. Oyendo el sonido abstracto y eterno que producían en sus corrales. El negocio no duró mucho: una plaga diezmó rápidamente a la población. El tío intentó sin éxito rematar algunos ejemplares sin vida en el mercado de la comunidad. Después de eso, Mishima casi no lo volvió a ver. El tío se quedó viviendo en la granja vacía. Un año después lo encontraron muerto.

Mishima, desde que presenció cómo los demás polluelos despedazaban al que tenía la cinta roja amarrada a la pata, empezó a idear la manera de poner en papel cada una de sus experiencias. En ese tiempo ignoraba aún el funcionamiento de los ideogramas y de otras formas de escritura, pero comenzó a copiar la mayoría de los signos que veía a su alrededor. Su tío lo alentaba. Durante sus visitas a la granja le entregaba un pincel y un pergamino para que reprodujera principalmente los caracteres que aparecían en los sacos de comida para aves.

¿De qué río se nos habla en ese extraño exilio que es la escritura?, recuerda Mishima que fue lo primero que

escribió, aparte de la transcripción de las marcas de fábrica de los sacos, sobre uno de los pergaminos obsequiados.

Poco después de la muerte del tío, a Mishima comenzó a presentársele de manera recurrente cierta imagen. La figura representaba a unos peces atrapados en un acuario. Suspendidos en una suerte de espacio artificial. La imagen de los peces detenidos apareció muchos años antes de que Mishima consumiera cierta sustancia química conocida como *sildenafil citrate*. Nos aclaró que nos daba esa explicación porque notaba cierta similitud entre ambos estados. La contemplación de los peces y la toma de la sustancia le produjeron casi los mismos efectos. Hasta poco antes de tomar el *sildenafil citrate* había creído que ese producto era un medicamento reservado para quienes padecían de problemas sexuales. Sin embargo, durante una de sus visitas a los cuartos oscuros —vestido, como se sabe, con una camisa vaquera y un casco cosido al cuello— escuchó que se trataba de un medicamento que cualquiera podía utilizar. Se consumía principalmente para probar nuevas sensaciones. Una de ellas podía ser salir del estado de pez detenido. Dos semanas después de escuchar semejante opinión, Mishima se encontró reunido en su casa con un amigo inoportuno. Era lunes. Mishima hubiera preferido acostarse temprano o dedicar el tiempo a escribir antes que recibir a aquella persona. Pero el amigo había llamado porque decía sentirse solo. En cierto momento, quizá para contrarrestar el aburrimiento que le generaba aquella cita, Mishima le preguntó si conocía algo sobre las pastillas de las que había oído hablar. El amigo respondió que nunca las había probado, pero que algunos conocidos alababan sus propiedades. Mishima sugirió entonces salir a comprar una caja y buscar luego un lugar donde probar sus efectos.

Mishima tomó su auto, en ese tiempo utilizaba un Mitsubishi sport que le había obsequiado cierto medio de comunicación a cambio de una nota en exclusiva sobre el suicidio, y dieron vueltas por la ciudad hasta encontrar una farmacia de turno. Cuando pidieron las pastillas le sorprendió el precio que les solicitaron. Le llamó la atención además que las vendieran sueltas. Mishima decidió adquirir una para él y otra para su acompañante. Tomaron las píldoras en el Mitsubishi. Inmediatamente después Mishima temió que fueran ciertas otras historias, no las que había escuchado en el cuarto oscuro. Cuentos que tenían que ver con repentinos ataques al corazón, o con la advertencia de que era fundamental la presencia de un médico si después de veinticuatro horas seguían presentes los efectos. Mishima y el amigo recorrieron distintas zonas. Ambos se encontraban atentos al menor cambio en sus cuerpos. Como lo supusieron, por tratarse de un lunes, la mayoría de los locales de diversión se hallaban cerrados. No parecía haber nada en las calles que pudiera llamarles la atención. Pronto el acompañante le dijo a Mishima que no se sentía del todo bien. Pidió que lo llevara a su casa. Luego de hacerlo, Mishima pensó que lo más conveniente era regresar a la suya propia. Sin embargo no podía volver. Algo se lo impedía. Era poderoso el deseo de quedarse afuera. En determinado momento estacionó el Mitsubishi y siguió su paseo a pie. Advirtió entonces un primer efecto de la pastilla: no podía dejar de caminar. Posiblemente haya sido también una reacción de la sustancia el hecho de que, al llegar a cierta esquina, Mishima les entregara a un grupo de muchachos, que conversaba al lado de un farol, su cartera y las llaves del auto. Mishima desapareció luego en la oscuridad de la noche.

En la pantalla del aparato didáctico que había inventado el profesor japonés —a través de la cual estábamos mirando, yo y los asistentes a la conferencia, el transcurrir de las imágenes— se vio de pronto a una niña y a un niño con los brazos y piernas extendidos. Se mantenían, a pesar de la hora, en el jardín de una casa oscura. Se trataba de un dibujo casi infantil. Los niños se contorsionaron un par de veces y se esfumaron al instante. Mishima volvió rápidamente a aparecer. Se le vio lamentando nuevamente su falta de cabeza. Aseguró que de haberla tenido sobre los hombros no habría caído en la tentación de tomar el *sildenafil citrate*, ni habría entregado al grupo de extraños su cartera y las llaves del Mitsubishi. Sabía, además, que la ausencia de cabeza le impedía realizar cosas a las que había estado acostumbrado. Acciones cotidianas, sutiles especialmente, que muchas veces nada tenían que ver con asuntos de orden práctico. Lo peor, pensaba, era tener que cargar todo el tiempo con el vacío. Con la falta. Con la evidencia de una oquedad —similar a la que descubrió con respecto a lo ausente como solía presentársele la realidad.

Después del fracaso que significó no encontrar una cabeza profesional, Mishima pensó que quizá aquella falta podría enmendarse buscando algo que contuviera la esencia de una artificialidad extrema. No pensaba que lograría algo en ese sentido recurriendo al campo de la ortopedia. Sabía que en ese ámbito, por lo general, en lugar de resaltar lo falso se trataba de esconderlo. Allí estaban para corroborarlo los bisoñés, los ojos de vidrio y las manos de amarillentas pieles de plástico que se ofrecían en negocios especializados. Mishima tampoco quiso apelar al mundo de la religión, como algunos le aconsejaron. En su cultura había una gran cantidad de ídolos descabezados o con cabezas falsas. Hubiera podido hacerse devoto de una de aquellas sectas o adquirir físicamente el aspecto de alguno de esos Dioses.

Sólo creyó encontrar la clave para enmendar el vacío cuando recordó un suceso ocurrido poco después de su suicidio. En ese entonces, por motivos de trabajo, tuvo que viajar a una ciudad del interior del país, donde se encontraba la casa principal que se encargaba de la administración de sus libros. Desde que llegó sintió el rechazo de la gente que habitaba ese lugar. Algunos desviaban la vista

ante su presencia, otros lo trataban como a un ser dismi-
nuido. Aquella ciudad había sido una de las más devasta-
das durante los bombardeos extranjeros. En ese tiempo
Mishima llevaba una cabeza provisional que le había confeccionado cierto artesano que se dedicaba a la manufac-
tura de vestimentas de guerra. Se trataba de un trabajo
rudimentario. Su cabeza parecía en ese tiempo más una
granada de diseño arcaico que una parte fundamental de
su cuerpo. Al notar la reacción de los habitantes, Mishima
acudió preocupado donde uno de los más renombrados
fabricantes de máscaras para teatro *kabuki,* que precisamente estaba radicado en aquella región. Le habló del
asunto y el mascarero de inmediato le hizo una careta re-
pleta de piedras de fantasía.

Recordando tal experiencia, Mishima supo que su
siguiente cabeza tenía que provenir del universo de las ar-
tes visuales. Le escribió a un artista que iba adquiriendo un
notable reconocimiento. Casi de inmediato fue citado en
su estudio. Después de algunos encuentros, aquel creador
ideó una serie de cabezas posibles para Mishima. Un con-
junto de piezas-cabeza, como las bautizó en ese momento,
que al mismo tiempo que poseyeran una función práctica
contaran con una estética determinada. De alguna manera, tanto Mishima como el artista llegaron a la conclusión de hacer del accidente —de la cabeza faltante— una
suerte de hecho comunitario. Mishima deseaba que el vacío dejara de pertenecerle sólo a él y se convirtiera en un
atributo que involucrase a los demás. Imaginaba la construcción de aquella parte de su cuerpo como una *acción
abierta,* que lograra hacer del agujero algo así como un jardín público. Un espacio anónimo donde todos tuvieran la
responsabilidad de mantenerlo en condiciones perfectas.
Que en el cuerpo de Mishima se presentara el asunto de la
cabeza faltante era sólo una casualidad. No habría ni una
sola persona que llevara realmente su propio cráneo mientras a él le faltara el suyo, sentenció dejando nuevamente

sorprendido al grupo que nos habíamos dado cita para escuchar al profesor japonés.

Acto seguido, Mishima mencionó la censura pública que notaba venía sufriendo últimamente su cabeza cercenada. A diferencia del tiempo actual, en los años sesenta la imagen de esa parte del cuerpo —colocada en una especie de fuente de metal— apareció con frecuencia en diarios y revistas. Se le vio incluso en algunos programas de televisión. Ahora era casi imposible encontrarla.

Cabeza y creación de palabras. Mishima había advertido, sobre todo en los últimos tiempos, que no podía haber una sin la otra. O, más bien, que no podía existir una sin la ausencia de la otra. Se había dado cuenta además, que de tener cabeza como todo el mundo estaría muerto de la misma forma como muere el resto: de manera definitiva. Todo lo que había escrito antes, cuando estaba completo, lo veía ahora como una obra hasta cierto punto alegórica, sin ninguna clase de asidero con la realidad. Pero la sorpresa mayor que ofreció Mishima a los presentes, sucedió cuando hizo aparecer frente a nosotros algunas carátulas de libros.

Los asistentes vimos sólo las tapas, no los textos del interior. Se apreció de ese modo la portada de *Damas chinas*, *Salón de belleza* y de *El jardín de la señora Murakami*. Antes de que se desvanecieran se presentó sobrepuesta la silueta de un Datsun verde con el techo blanco. Mishima dijo que era el verdadero Datsun del señor Hiraoka. Que se trataba del mismo auto en el que visitaba a su madre ciertos días de la semana. Algunos de los presentes sacamos cuentas. Era imposible que en esos años, los de la supuesta infancia de Mishima, existiera esa clase de vehículo.

Algunos tratamos de hacérselo notar, pero Mishima en vez de contestar afirmó nuevamente que desde lo alto de una montaña era posible admirar panoramas infinitos.

Traigan más luz, pidió de improviso. Vimos entonces enmudecidos cómo se colocaba lentamente unas gafas. *Allí está el bungaló que cierta vez construí en la punta de una colina,* prosiguió diciendo. En la pantalla no apareció en aquel momento ninguna imagen. Afirmó que debía tener un techo de doble agua. Azul con rojo. Con una puerta y dos ventanas con marcos en forma de cruz. La puerta luciría una manija. Frente a la casa debía existir un pequeño sendero que cortara el jardín por la mitad. Dijo que veía dos árboles. El tronco era marrón y las hojas verdes. La base del tronco mostraba un círculo trazado sobre la tierra.

¿Será esto escribir?, se preguntó en ese instante.

¿Habrá alguien que se atreva a negarlo?, se contestó a sí mismo.

Estas preguntas, ahora lo sé, podrán sorprender a más de uno. Quienes lo conocieron aseguran que Mishima jamás hubiera expresado en público una duda de esta naturaleza sobre el arte de la escritura. Tampoco habría mencionado —como lo hizo en más de una oportunidad, especialmente cuando lo entrevistaban periodistas de provincia— el terror que le causó comprobar el carácter profético de la palabra escrita. Lo constató cuando se vio envuelto, quince o veinte años después de haberlas concebido, en situaciones similares a las que aparecían en sus textos. Recordaba con mucha claridad, por ejemplo, cuando se realizó el montaje teatral de su libro *Salón de belleza*. Desde un comienzo había decidido no intervenir de manera directa en aquella puesta en escena. Confió el texto a un director a quien admiraba. El día del estreno, en mitad de la obra, Mishima comenzó a ser presa de un incontrolable estado de exaltación.

No había asistido a ninguno de los ensayos. Todo era sorpresa. En aquel teatro fue la primera vez que pudo leerse a sí mismo. El texto original había sido respetado por completo, pero su estructura estaba absolutamente modificada. Al comienzo de la obra lo tomó un trance casi hipnótico. Sintió, literalmente, las frases ingresando de manera directa por sus oídos.

¿Qué clase de espanto ha sido capaz de generar una escritura semejante?, recuerda que fue la pregunta que surgió en ese momento.

Sin embargo, en el aparente universo abyecto que veía representarse en escena, Mishima creyó descubrir la existencia de una realidad plena. Lo que fue sucediendo en el escenario apareció con una luminosidad de la que carecía la vida cotidiana. En ese momento advirtió que quizá una de las razones que lo habían llevado a la escritura no había sido la impresión que le causó observar el experimento que realizó su tío en la granja atándole la pata a un polluelo, sino la necesidad de apreciar ese estado paralelo de la realidad semejante al que se mostraba en la obra de teatro, al cual debía pertenecer para poder vivir plenamente. Daba la impresión de que mientras más sórdido fuese lo representado, se cumplía de una manera más clara el cometido. Mishima se dio cuenta de que el mecanismo podía consistir en colocar un universo terrible como si fuese una suerte de escudo contra lo que ese mismo mundo iba produciendo.

Cuando acabó la función de *Salón de belleza*, y siguiendo quizá el carácter profético que estaba seguro los textos traían consigo, corrió detrás de bambalinas y se apoderó de su propio personaje. Se lo llevó después a su casa. Comenzó entonces un trance penoso, tanto para Mishima como para el actor. Fue un proceso lento el que llevó al actor a despojarse de su personaje. Mishima lo fue contemplando con horror. Antes de acabar, precisamente cuando el actor ya estaba listo para huir, el personaje inoculó en el cuerpo de Mishima el mal físico, la enfermedad, que curiosamente era el tema de la obra representada. De ese modo Mishima fue contaminado, por su propio libro, de una dolencia incurable.

Como algunos lectores deben saber *Salón de belleza* puede tratar, para algunos, de un personaje que comprendió, casi desde el inicio del libro, que su misión vital era la de acompañar los trances finales de los enfermos. Por tal motivo, los antiguos instrumentos dedicados a la belleza —la obra transcurre en lo que antes era un salón— comienzan a ser reemplazados por elementos propios de sanatorios. Se cambiaron las secadoras de pelo por colchones de paja. Los carros de cosméticos por ollas de metal. Las sillas anatómicas por varios metros de tela con las que se confeccionaron sábanas y mortajas. Fue aterrador el aspecto que comenzó a ofrecer el lugar. Indescriptibles los olores de los cuerpos afectados. Antes de acabar, el texto se limita a describir un estanque capaz de sumergir a las víctimas a grandes profundidades. Unas aguas parecidas a las que acostumbraba visitar Mishima en un autobús amarillo junto a ciertos seguidores de la religión sintoísta.

Poco después del estreno de la obra —una vez que el actor terminó con su proceso de despojamiento y fue expulsado del entorno del autor— Mishima comenzó a preguntarse si después de muertos los escritores se encuentran ya preparados para entender los símbolos a partir de los cuales construyeron su trabajo. Mientras espera una respuesta coherente, Mishima acostumbra dormir más de lo necesario. En esos momentos suele responder sólo si alguien lo palpa físicamente. Son pocos los que se atreven a tocarlo. Por lo general —principalmente las sombras que aparecen mientras trabaja— le suelen dar golpes leves, y sólo muy de vez en cuando.

Sé que para nadie es un secreto que Mishima tuvo conocimiento siempre de quién le cortó la cabeza. Fue Morita, su amigo más cercano, quien cumplió de forma impecable las instrucciones que el mismo Mishima le impartió antes de tomar el cuartel donde ambos hallaron la muerte. Casi al final del *seppuku* que Mishima se estaba infligiendo, Morita seccionó su cabeza. Inmediatamente después, el verdugo se dio un disparo en la sien.

Mishima y Morita se conocieron cuando Mishima ejercitaba de manera excesiva su cuerpo. Era la época en que acudía de manera exagerada a los gimnasios, y cuando se sometía a sesiones de fotos en las que buscaba emular cierta iconografía donde se mezclaba el dolor con el placer. Luego del suicidio no se volvieron a ver. A veces Mishima lo extrañaba. Entre otras cosas tenía curiosidad por saber qué sensaciones había experimentado en el momento final, cuando desenvainó la espada que el mismo Mishima afiló horas antes de su ejecución.

Como es de conocimiento general, Mishima y su ejército tomaron cierta mañana las instalaciones del cuartel principal. En esos momentos la esposa de Mishima manejaba por el centro de la ciudad. Luego de secuestrar a los altos mandos, Mishima pidió que se reuniera a la tropa para que escuchara el discurso que tenía preparado. Como se dieron cita los principales medios de prensa, el público de todo el país pudo apreciar la ceremonia de muerte que protagonizaron Mishima y Morita en el mismo instante en que se llevaba a cabo.

Alrededor de veinte días después, Mishima cayó víctima de la depresión. En un principio trató de controlarla sin hacer uso de medicamentos. Sufrió repetidos ataques de pánico, que lo obligaron a buscar la ayuda de una pareja de terapeutas aficionados a un psicoanálisis ortodoxo. Bajo la influencia de ese método debió experimentar varios meses de intenso sufrimiento. Fueron intensas jornadas de dolor las que debió sufrir Mishima asistiendo a las sesiones que ofrecía el analista junto a su mujer.

La única actividad que Mishima pudo llevar a cabo durante ese periodo fue la redacción de una serie de cartas, que le escribía al analista y a su mujer con el fin de que entendieran en forma amplia su situación. Lo hizo porque en las terapias diarias a las que asistía, el matrimonio decidió instalar el silencio como eje de la cura. Mishima acostumbraba recostarse en un sofá, forrado en plástico, mientras la pareja lo miraba por cerca de una hora. El paciente tenía prohibido decir una sola palabra. Los analistas consideraban —lo expresaron por medio de una respuesta a sus cartas que le enviaron a Mishima meses después— la elocuencia del silencio como método más que infalible.

Como sabemos, desde la ventana de su bungaló Mishima pudo admirar durante algún tiempo paisajes que veía como infinitos. Bosques, campos de cultivo, desiertos que llegaban hasta el mar. Veía siempre, a la distancia, algunas aves. Existían también sombras que daban la impresión de ser figuras conocidas. Podía tratarse de un grupo de mujeres desdentadas en busca de sus cementerios particulares, o del aura que solía emanar del hombre-poema cuando decidía salir a recorrer el poblado cercano. Como siempre, Mishima estaba convencido de que lo único real era un hueco. Un espacio insondable e infinito.

Después de permanecer un tiempo viviendo en el bungaló, no tardaron en aparecer en el cuerpo de Mishima algunos malestares físicos, principalmente un creciente nerviosismo, que lo obligaron a abandonar cierta mañana su vivienda con todo lo escrito dentro. Nunca se atrevió a regresar. No quiso volver a leer los textos que quedaron amontonados sobre una mesa de madera. Entre otros asuntos, estaban descritas allí tanto las experiencias por las que tuvo que pasar para conseguir el certificado de talidomídico, como la profanación de su celda sintoísta por parte de una serie de ánimas. También las extrañas consecuencias que tuvo ingerir *sildenafil citrate*.

Tiempo después Mishima recordó que, aparte de la novela de la mujer preparando una olla de arroz, había intentado redactar también la biografía de un agrimensor —quizá la de su propio padre—, a quien vio llorar por la añoranza de ciertas mujeres extranjeras que prometieron volver para llevárselo a otras tierras. Aquella biografía comenzaba con una duda que a Mishima ya se le había presentado antes de la toma del cuartel pero no dudó en repetir en ese momento: *¿Qué clase de espanto ha sido capaz de generar una escritura semejante?*

El impecable profesor japonés terminó su intervención de esa tarde afirmando que Mishima nunca ha existido realmente. Tampoco el aparato didáctico de su invención, por medio del cual habíamos estado observando una especie de reflejo de la realidad. Pero añadió que a pesar de tratarse de una elaboración mental, la figura de Mishima debía mantenerse siempre situada más allá de cualquier artilugio, sobre todo de aparatos como el que nos mostró al comenzar la conferencia. De inmediato dio las gracias, desarmó el artefacto y se retiró.

Precisamente momentos antes de que el profesor lo apagara, mientras veíamos cómo Mishima iba alejándose del bungaló que había mandado construir en lo alto de una montaña, oímos cómo Mishima trataba de convencerse de que no debía volver nunca por los escritos dejados sobre la mesa. Estaba en la obligación de exigirles permanecer mudos y ausentes, con la inmovilidad propia de una familia de leñadores que espera con impaciencia que se pronuncie la palabra *amén*.

Mientras tanto, los zapatos de las amigas de Mishima continuaban abandonados al borde del mirador y el muchacho que acababa de arrodillarse abandonaba apresurado aquella terraza.

Niños alemanes.

Sujeto frente al que el amigo de Mishima se arrodilló.

Escudo que sirve de símbolo a la institución donde se
impartió una conferencia sobre Mishima.

Ratón del que se vale Mishima para realizar una
parábola de la existencia.

Cámara de fotos que recibió Mishima durante la infancia.

Aspecto de la sociedad donde era posible conseguir
rollos pero no revelarlos.

Ejemplos de las "fotos espectro" realizadas por Mishima.

Autobús en el que Mishima y sus compañeros de
religión sintoísta acostumbran realizar sus travesías.

Cuerda con la que ataron a Dios en el mástil de un velero.

Vasija en la que Mishima acostumbra inspirarse para
escribir su inacabado libro sobre una mujer que
cocina arroz.

Agente literario de Mishima.

Cabaña donde Mishima leyó sus primeros textos.

Boceto de las imágenes del Poeta Ciego y su mujer
fotografiado por Mishima.

Asociación de personas que velan por los intereses de
los talidomídicos.

¿Por qué pedir como favor que alguien consiga algo
que no se desea?

Cementerio donde Mishima acostumbra alimentarse.

Ilustración del perico que suele causarle felicidad a
Mishima.

Hermanas de la madre de Mishima, quienes de vez
en cuando lo van a visitar.

Aspecto de la casa que Mishima habitó en el
año de 1993.

Modelo de pluma fuente que Mishima acostumbraba robar a sus compañeros de estudio con el fin de obsequiarlas después a los maestros para aprobar los cursos.

Primo de Mishima cuyo oficio consiste en subirse a
los postes de luz.

Morita.

Aspecto de la institución donde se educa a niños con
problemas respiratorios.

Personaje creado por Morita: un padre que abandona
la casa familiar.

Pastillas que salvaron a Mishima de la muerte.

Estación de la empresa de ferrocarriles propiedad del
amigo del hermano de la madre de Mishima.

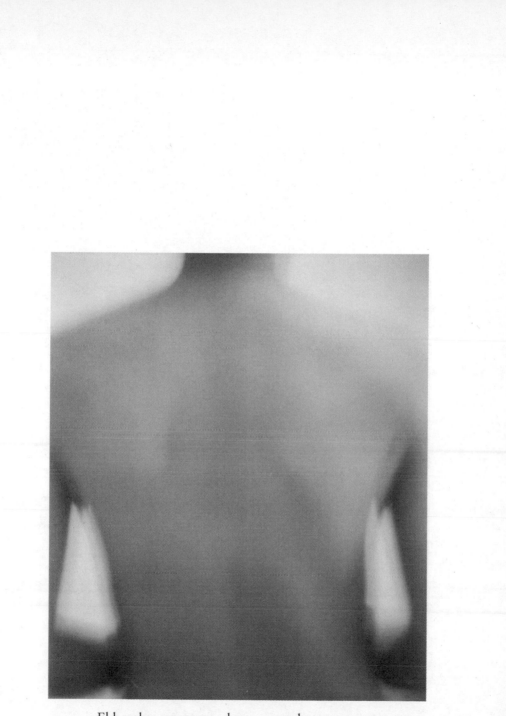

El hombre-poema en el momento de mostrar una
espalda sin cicatrices.

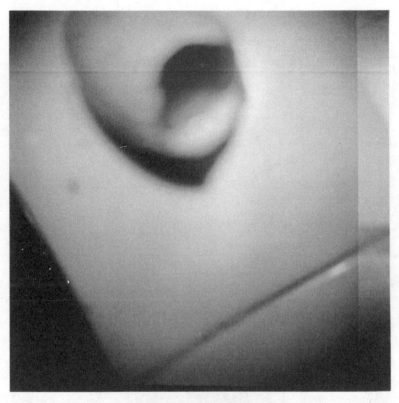

Huevo que cierta mujer de faldas largas dejó caer
sobre las gradas de un templo.

Ciudad en la que atiende el único científico
autorizado para dar fe de la aparición de algún nuevo
caso de talidomida.

Enfermera que le negó a Mishima su certificado.

Vista que Mishima alcanzaba a tener desde el
bungaló que trató de construir en la cima de una
colina.

Hueco que para Mishima parecía ser lo único cierto
en la vida.

Rincón del adoratorio sintoísta situado al lado de la granja del tío de Mishima.

Mishima visto por sí mismo como un pez detenido.

Casa con techo de doble agua.

Ciudad devastada durante los bombardeos
extranjeros.

Aguas capaces de sumergir a quien se arroje en ellas a
profundidades insondables.

Grupo de escritores muertos.

Pareja de analistas que trabajó el caso Mishima.

Mesa de madera sobre la que Mishima dejó olvidados
sus textos.

Imagen de la impronunciable palabra *amén*.

Los fantasmas del masajista

Como algunas personas deben saber, cada cierto tiempo
viajo a la ciudad de São Paulo para someterme a determinado tratamiento clínico. Entre la cantidad de métodos
terapéuticos a los que me acostumbro someter, en Brasil
hago que me revisen el desequilibro que me produce, especialmente en la espalda, la falta de antebrazo derecho.
Para esa clase de terapia acudo a una clínica especializada
en personas que han perdido o están por perder algún
miembro. La institución está ubicada en Vila Madalena y
cuenta con un piso exclusivo para ese tipo de paciente.
Tiene una poza premunida de chorros subacuáticos que
brindan potentes masajes a los usuarios. Es común ver en-
trar o salir de esa poza —a veces con ayuda, a veces sin
ella— a una serie de individuos con limitaciones físicas
que parecen buscar en esas aguas la paz que sus cuerpos
dan la sensación de necesitar. Es que muchas veces la falta
de un miembro o alguna desviación física produce cierto
tipo de tensión particular en los nervios de quienes las su-
fren. En otra esquina del piso se encuentran los consulto-
rios acondicionados para las terapias individuales. Se trata
de espacios pequeños que cuentan con camillas para masaje, separadas unas de otras sólo por unas cortinas delga-
das. En esa sección puede atenderse hasta a seis pacientes
en forma simultánea. Incluso un solo terapeuta es capaz
al mismo tiempo de ofrecer sus servicios a todos los nece-
sitados, yendo de una camilla a otra cada pocos minutos… El método que utiliza aquel especialista es algo
particular, pues antes de abandonar a cada paciente le deja

como tarea algunos ejercicios, que el terapeuta sabe lo mantendrá entretenido mientras atiende a los otros cinco. Una de las peculiaridades de este tipo de consultorio —curiosamente no existe uno similar en la ciudad que habito, por lo que aprovecho para visitar éste cada vez que tengo que hacer un viaje a São Paulo— es que a través de las cortinas es posible escuchar parte de lo que ocurre en las demás camillas. Lo que se oye causa a veces desconcierto, principalmente porque casi nunca es posible imaginar cómo es el físico de la persona que es atendida al lado, de qué clase de cuerpo provienen los sonidos que estos mismos cuerpos emiten.

Aparte de las quejas, los lamentos, comentarios y conversaciones de los otros pacientes, se suelen escuchar ruidos de huesos tronando o el peculiar sonido que se produce cuando las carnes son vapuleadas por las manos de los especialistas. En cierta ocasión mi visita me produjo un desasosiego mayor al acostumbrado. Yo me encontraba acostado, esperando en mi lugar correspondiente la llegada del terapeuta, cuando tuve que oír un tipo de queja al cual no me había enfrentado antes. Me tocó, en el espacio contiguo al mío, el caso de una mujer a la que apenas unos días atrás le habían cercenado una pierna. Sin embargo, a pesar de la intervención, se quejaba de un dolor profundo en el miembro inexistente. Parecía incapaz de soportar el sufrimiento que se producía en un espacio que era ahora ajeno a su cuerpo, en el lugar vacío que había dejado la pierna mutilada. Por sus quejas daba la impresión de no tener la capacidad de comprender la situación por la que estaba pasando. Parecía ignorar que nadie en este mundo podía hacer nada por ella. Si el lugar donde se originaba el dolor era irreal, ningún método conocido podría ayudarla. Ninguna droga, tratamiento o terapia podía servirle. La ciencia médica completa sería incapaz de resolver un caso semejante. Yo sabía que algunos investigadores sugieren colocar espejos en el lado opuesto a la zona cercenada, para que el paciente tenga la ilusión de que todavía es un ser completo. Pero ninguna de esas terapias cuenta con un sustento científico definido, y por eso no eran aceptadas de manera universal. Ni el más potente analgésico —¿fuertes dosis de morfina quizá?—, ni una terapia a base de masajes —que se tendrían que realizar en el aire— podría aliviar a la mujer que era atendida a mi lado. El terapeuta, que en esa oportunidad nos estaba tratando sólo a los dos pues no habían acudido más pacientes, se mostraba nervioso cuando se colocaba al lado de mi camilla y trataba de disolver los nudos que se me suelen formar en los nervios del hombro derecho. Cuando abandonaba a su paciente durante los breves momentos en que yo era atendido, los lamentos de la mujer se acrecentaban. En cierto momento, ya casi al finalizar la sesión, sentí que el especialista dejaba de moverse en forma alterada —todo parecía indicar que ignoraba realmente cómo manejar la situación— y le comenzó a hablar a la mujer suavemente. Lo hizo al oído, como si se tratara de un arrullo de cuna. *"Acaríciese el punto donde termina ahora su pierna"*, empezó a decirle. *"Que su inconsciente comprenda cuáles son los verdaderos límites de su cuerpo"*. Parece que ambos, el terapeuta y la mujer, empezaron a realizar juntos el ejercicio que proponía el masajista: de frotar repetidamente el sitio donde se había producido el tajo. El trance fue largo. El susurro del terapeuta daba la sensación de estar dirigiéndose no a la mujer afectada sino a la esencia de su cerebro. Pronunciaba la palabra *acariciar* como si no quisiera corromper su significado por medio de la repetición. Parecía entender el delicado equilibrio con que debía ser evocada una palabra capaz de restablecer una suerte de tranquilidad que ningún conocimiento médico era capaz de otorgar. Media hora después la mujer debió quedarse dormida. El terapeuta pidió a su asistente que cubriera con una manta el supuesto espacio que ocupaba la pierna trunca, como para que no tuviera frío aquel fragmento de cuerpo inexistente. Le solicitó que lo hiciera con cuidado, sin realizar ningún movimiento brusco que pudiera despertar a la paciente. Debía descansar después de que un dolor infligido desde la nada, proveniente de la suerte de cosmos en el que seguramente se encontraba suspendida la pierna cercenada, había atenazado con tanta violencia a la víctima. *¿Serán esos dolores una suerte de venganza de los miembros que son separados en forma violenta de los cuerpos a los que pertenecieron?*, me pregunté antes de que el terapeuta continuara su trabajo con mi espalda…

Cada vez que acudo a estos tratamientos debo primero pasar cerca de media hora dentro de la poza terapéutica, recibiendo los masajes iniciales a través de los potentes chorros de agua que se generan en aquella tina. Parece que como somos varios pacientes los que debemos zambullirnos diariamente, la poza contiene una dosis excesiva de productos químicos. Por esa razón un escozor, siempre el mismo, me obliga a salir de ella antes de que termine con la rutina que se me suele imponer. De inmediato paso a la sección de masajes corporales. Como he señalado, los especialistas deben suavizar los músculos rígidos, los nudos que se forman en la parte superior de mi espalda. Cuento con un terapeuta preferido, que es quien suele atender también a la mujer con el dolor en la pierna. Aquel profesional en una época adelgazó de manera considerable. Como en ese entonces yo me encontraba subido de peso, le pregunté cómo había logrado de pronto aquel cambio en su figura. Me contestó que su flacura repentina se debió a la tristeza que le produjo la muerte de su madre. Mientras frotaba mi espalda —en aquella oportunidad no había otros pacientes a los cuales debía atender— me fue relatando que su madre había sido una declamadora bastante destacada, que tuvo incluso durante una época su propio programa de radio. Me dio su nombre y me preguntó si la conocía. Mentí al afirmar que me sonaba de alguna parte. Continuó diciendo que todo el tiempo realizaba giras alrededor de la república. Que incluso había ideado una forma moderna de declamación, que consistía en no utilizar para las presentaciones versos de poemas clásicos sino que usaba las letras de canciones que todo el mundo conocía. Generalmente hacía sesiones con las baladas de Roberto Carlos, Odair Jose y Waldick Soriano, famoso por su canción donde un joven asesina a su tatarabuela. Al momento de declamarlas, la madre transformaba de manera total el efecto que los cantantes habían conseguido antes con su público. Como de alguna forma eran letras de canciones afamadas, la identificación de los oyentes con estos números de declamación era inmediata. En una época fue la invitada oficial a los mejores festivales del país. Incluso en cierta ocasión, no mucho tiempo antes de morir, cruzó la frontera e hizo una presentación en español, idioma que no dominaba del todo. Su empresario parece que le aconsejó de manera inadecuada, y le sugirió que en lugar de utilizar las acostumbradas letras de sus cantantes de siempre presentara algo más complejo, algo que atrajera a otro tipo de público. Prácticamente la obligó a declamar un tema de Chico Buarque. El terapeuta sabía que su madre no se sentía cómoda con la letra de esa canción. No hablaba de amor, o al menos no de la forma como estaba acostumbrada a expresarlo. La madre sólo comprendió que el tema que le fue impuesto se refería a un albañil que luego de despedirse de su mujer se dirigía a su centro de trabajo —un edificio en construcción—, y después de tomar algunos tragos de cachaza resbalaba y caía desde un piso alto. Su muerte era instantánea. Lo que la madre no terminaba de entender eran los juegos de sentido que la canción proponía una vez que la historia era contada de manera lineal. Estas variantes, si bien narraban la misma anécdota, le iban añadiendo matices que la dejaban desconcertada. La madre no tenía el hábito de declamar algo que no sintiera en toda su plenitud. Una de las reglas de oro que se había impuesto para su oficio era que no lograría transmitir nada al otro mientras ella no se sintiera conmovida. Y sí, le daba lástima que el albañil hubiera caído de un piso tan alto pero no creía que eso bastara. Recordó la época cuando en Brasil casi todo giraba alrededor de la idea de la construcción. Por todas partes podían verse obras a medio hacer, camiones mezcladores de cemento circulando por las calles, albañiles comiendo con sus mujeres en los parques. En la televisión pasaban a cada momento *spots* publicitarios que mostraban el logro de haber construido en tiempo récord grandes edificios destinados a cientos de familias. Pero eso no era material para ser declamado, le comentó a su hijo en más de una oportunidad. Otro problema al que debía enfrentarse era al idioma. El representante le había entregado la letra traducida al español prohibiéndole además que escuchara la melodía. Estaba seguro que de esa manera lograría un material inédito capaz de impactar de inmediato a la audiencia. Sus palabras fueron contundentes. Debía obedecerlo. Todas las mañanas la madre, después de despertarlo con el habitual *"João, hijo, son las seis de la mañana: hora de levantarse"*, tomaba asiento en el sofá amarillo colocado en la sala del departamento para repetir las frases que debía declamar. João. Fue de ese modo, escuchándolo hablar de su madre, que descubrí que se llamaba de esa manera. Ignoro las razones por las que, a pesar de tratarse de mi terapeuta preferido, desconocía su nombre. Tal vez había sido una estratagema de mi parte para preservar mi anonimato en ese lugar: si yo no preguntaba por los nombres de los demás quizá nunca nadie se atrevería a interesarse por el mío. Yo, de alguna manera, deseo pasar por alto casi todo el tiempo los malestares físicos que me suele causar mi falta de antebrazo. Trato de hacer ver, a mí mismo y a los demás, como que no existe tal anomalía. Que los dolores de espalda que siento casi todo el tiempo, que el aspecto torcido que acostumbro presentar, se deben más bien a una vida descuidada. A no haberme preocupado

nunca realmente por mi alimentación y a no haber hecho
ningún esfuerzo por mantener mi físico en forma. Dejar
atrás mi anonimato en un sitio semejante — como está
apuntado, se trata de una institución que atiende solamente a tullidos, deformes o mutilados— sería como una
suerte de sello oficial de asentimiento de mi condición.
Aunque quizá cabe también la opción de que nunca le
pregunté el nombre a mi terapeuta porque se encontraba
siempre en constante movimiento, yendo de un paciente
a otro especialmente cuando el salón estaba lleno. Ocupán-
dose sobre todo de la víctima del dolor fantasma —creo
que cuando esa mujer llegaba se convertía en la reina de
la sala— cuya presencia, por alguna extraña razón, casi
siempre coincidía con los horarios de mis terapias… Vol-
viendo a la historia que me estaba relatando, João continuó diciéndome que le daba tristeza dejar sola a su madre
todos los días, sentada en el sofá amarillo ensayando las
frases del tema de Chico Buarque. No podía ser de otra
manera. Los servicios de João eran requeridos desde muy
temprano en la mañana hasta ya entrada la noche. La
madre estaba condenada a quedarse en casa la mayor parte
del tiempo, sin la presencia de su hijo, porque el oficio de
declamadora nunca fue lo suficientemente rentable como
para que João dejara de atender a sus pacientes. Al ver a
su madre tan solitaria, João decidió regalarle una pequeña
lora para que estuviera acompañada mientras él salía a trabajar. Había visto unas bastante simpáticas en manos de
un vendedor ambulante que se solía apostar en una esquina de la institución que acostumbro visitar cada vez
que viajo a São Paulo. La lora llegó a la casa precisamente
cuando la madre estaba en mitad de los ensayos para presentarse en la ciudad extranjera a la que había sido invitada. Arribó en la época en que la madre repetía sin cesar
ciertas frases dichas en un idioma que no entendía del
todo. La madre no parecía tener ninguna afición por las
mascotas. Pese a su inicial rechazo, la lora se quedó a vivir

en el departamento. En un principio la madre, con el especial tono de voz que su trabajo solía imprimirle incluso a las palabras más simples —una suerte de gaje del oficio— se quejó de las travesuras del animal. Ahora advierto que las delicadas palabras que João le dirigía a la mujer de la pierna fantasma, logrando con ellas calmar el dolor, tenían que haber sido heredadas de su propia madre. No podía ser de otro modo que João, sólo con repetir de determinada forma la palabra *acariciar*, lograra tales resultados balsámicos en su paciente.

La madre se quejó de que la lora ensuciaba la estancia, que picoteaba los muebles, y que la imitaba agitando las alas cuando ella movía los brazos en los momentos más intensos de los ensayos, sobre todo cuando describía la manera en que el albañil iba cayendo al vacío. Con el tiempo sus quejas fueron disminuyendo. Incluso cuando regresó de su presentación en el extranjero trajo consigo algunos juguetes para loros que curiosamente encontró en una tienda de la frontera. Para el hijo compró una contestadora automática con el fin de no tener que apuntar los mensajes de sus pacientes. Desde ese momento, la madre y la lora comenzaron a pasar más tiempo juntas en el departamento. Parece que la presentación en el extranjero no había sido del todo exitosa —la madre estaba ya convencida de que la canción de Chico Buarque no estaba hecha para ser declamada y menos aún en un idioma extranjero—, y entre el gremio de declamadoras se fue esparciendo el rumor de que ya comenzaba la decadencia de la madre. A partir de entonces tuvo cada vez menos llamados. A pesar de haber sido la inventora de algo así como un subgénero en el arte de la declamación, poco a poco parecieron olvidarla. Únicamente la lora la perseguía todas las mañanas hasta el cuarto de João para despertarlo. La acompañaba después al sofá amarillo desde el cual ahora la madre sólo veía televisión. Estaba disgustada con su representante. Había sido un despropósito recomendarle declamar semejante composición. Se aficionó en ese entonces a una telenovela en particular que, según me contó João durante una de nuestras sesiones, no tenía cuándo acabar. Era tan larga que incluso la madre murió sin conocer nunca el final. *"Creo que el último año de su vida fue algo triste"*, me dijo João mientras frotaba mi carne… Aparte del declive personal de la madre, el oficio de declamadora también pasó de moda. De un momento a otro, el público que habitualmente asistía a las sesiones de declamación comenzó a experimentar un creciente interés por los karaokes que empezaron a instalarse en diversos puntos de la ciudad. João no podía explicarse cómo los aficionados a oír letras de canciones que ya conocían pero dichas de una manera exquisita —era un breve resumen de la técnica ideada por la madre— se entusiasmaban repentinamente con la posibilidad de cantar y de oír a otros cantar en público. Quizá se trató de algo semejante a un fenómeno de modernización del arte de la voz. Su madre no visitó nunca ninguno de esos locales de origen japonés. Si salía de casa por cuenta propia era sólo para encontrarse en cierto parque con sus antiguas colegas, quienes decidieron, quizá como señal de protesta, declamar de manera semanal, al aire libre y en forma gratuita. En cada reunión, siguiendo el método de la madre de João, escogían a un cantante determinado. La última cita a la que acudió su madre fue a la que se organizó en honor a Reginaldo Rossi. João me contó que a su regreso la notó con los nervios fuera de control. Intuyó que algo malo había ocurrido durante la presentación. Quizá había olvidado alguna estrofa o cierta falla en la garganta la había hecho carraspear frente al auditorio. Cuando la lora salió a recibirla, la cogió del cuello, la metió en la jaula y la tapó con su tela de dormir a pesar de que todavía no era de noche. Luego se acostó y no se levantó más. Al día siguiente João, sorprendido por no haber sido despertado a las seis de la mañana como de costumbre, se dirigió a la habitación de su madre y la encontró muerta. Fueron penosos los trámites que tuvo que realizar para velar su cuerpo y mandar luego sus restos a incinerar... Fue desde entonces que comenzó a adelgazar. Durante una semana faltó al trabajo. Precisamente en esos días la mujer de la pierna cercenada pero doliente, solicitó varias citas. Parece que su sufrimiento durante ese tiempo fue insoportable. La mujer llamó tanto a la institución donde João trabajaba como a su teléfono particular. El aura del pie espectral daba la sensación durante esas jornadas de necesitar con urgencia las delicadas palabras del terapeuta para sentirse calmado. Pero João, aparte de efectuar los trámites de ley necesarios para deshacerse del cuerpo de su madre, tuvo que atender en la funeraria a las decenas de declamadoras que se presentaron frente al ataúd para dar el último adiós a la difunta. Como se sabe, la madre de João había sido declamadora profesional, e incluso inventó un método propio para llevar adelante su oficio. En lugar de trabajar con textos de poetas como las demás practicantes de ese arte, introdujo en sus presentaciones letras de canciones de música popular. Los temas de Roberto Carlos fueron siempre sus preferidos. Haber realizado esa innovación en su oficio la había convertido en un personaje hasta cierto punto destacado. Durante algún tiempo incluso contó, como se sabe, con su propio programa de radio. Sin embargo, aquella práctica nunca trajo consigo una buena retribución económica por lo que João, su hijo, desde muy joven tuvo que dedicarse a ser masajista clínico, actividad que aprendió de manera casi natural, y por la cual lo conozco, ya que soy su paciente cuando viajo a la ciudad de São Paulo. Los miembros de la Sociedad de Declamadoras que se presentaron en el funeral, le expresaron a João la preocupación que les causaba haberse enterado de que el cuerpo de la madre iba a ser incinerado. Les parecía una falta de respeto quemar de esa manera a una persona que había hecho tantos esfuerzos por modernizar el arte de la declamación.

Las mujeres le solicitaron que pensara en las posibilidades que el destino todavía era capaz de depararle a su madre. Nunca se sabía qué podía pasar más adelante, incluso con las personas muertas, añadieron. De la misma manera como la madre había tratado de otorgarle una especie de permanencia al arte de la declamación, ellas se esforzarían por darle al cuerpo de su madre una suerte de esperanza. Consideraban que se trataba de una mujer destinada a la resurrección. Deseaban por eso que tuviera una tumba bajo tierra. Para eso habían confeccionado una mortaja adecuada para su cuerpo. Era de papel grueso. De un material capaz de fundirse con la carne mientras ésta iba corrompiéndose, con el fin de que al final del proceso se formara una textura apta para resistir el paso del tiempo. La piel iba dejar de ser piel y el papel ya no sería papel. Ambos conformarían un tercer material, al que consideraban casi indestructible. Estaban convencidas de que envolver el cadáver en una mortaja de esa naturaleza era una manera de otorgarle al muerto el vestido adecuado para la eternidad, una forma de inmortalizar a las personas por medio de la ropa. João quedó sorprendido. Sabía que su madre había sido una persona tomada en consideración dentro de la Sociedad de Declamadoras —sobre todo antes de que interpretara en el extranjero el funesto tema de Chico Buarque— pero nunca imaginó que llegaran a estimarla al grado de pretender hacerle este tipo de homenaje. El marido de una de las mujeres era un químico que había desarrollado una sustancia capaz de hacer del papel una textura prácticamente inalterable y, sin embargo, logró que conservara al mismo tiempo una flexibilidad tal que permitiera hacer sencilla su adhesión a la piel cuando ésta se fuera descomponiendo. Las mujeres incluso llevaron una foto de la mortaja ya terminada. João pudo entrever —la imagen se mostraba algo borrosa— un traje largo, con las mangas vacías extendidas en toda su amplitud, también un par de sandalias colocadas al lado. Pensó que las declamadoras habían intuido que, en algún momento del trance de su muerte, la madre las podría necesitar. Cuando lo preguntó, las mujeres le dijeron que las habían puesto allí sólo para dar una idea de la dimensión real del traje. João ignoraba que su madre, poco antes de morir, tuvo conocimiento de los planes de hacerla hasta cierto punto inmortal. No estuvo de acuerdo con ellos, pero por razones propias de su carácter no le quedó más remedio —como la vez que obedeció ciegamente a su representante con respecto al tema de Chico Buarque— que permitir incluso que en medio de un parque, de pie y en plena celebración, tomaran las medidas de su cuerpo. Aquello ocurrió muy pocos días atrás, al terminar el homenaje que las declamadoras organizaron en honor a las letras del cantante Reginaldo Rossi. João comprendió entonces las razones por las que la madre regresó al departamento tan ofuscada después de aquella celebración. El motivo por el que no quiso saludar a la lora cuando salió a recibirla, metiéndola en cambio a su jaula y tapándola con su manta de dormir a pesar de que todavía no era de noche. La madre luego se acostó en la cama y no se volvió a levantar. Al día siguiente su hijo la encontró muerta. Las mujeres continuaron explicándole a João que una mortaja confeccionada para la posteridad debía ser dos o tres tallas más grande que lo habitual. De esa manera iba a soportar de manera incólume el ineludible proceso de podredumbre del cuerpo. En los momentos posteriores al deceso solía presentarse un período de enérgica actividad orgánica, que iba luego disminuyendo hasta que el cuerpo, sólo si era vestido con la mortaja que ellas proponían, quedaba desecado y cubierto de algo así como de una capa protectora. En momentos semejantes el cadáver daba la impresión de lucir un traje diseñado para el futuro… Mientras las mujeres continuaban dando detalles de sus desquiciadas ideas, João advirtió que debía atender a las demás personas que se habían dado cita para despedir a la madre. Como no contaba con los recursos económicos adecuados, tuvo que contratar los servicios de una funeraria modesta y prescindir del café que era capaz de ofrecer, de manera opcional, esta institución. Todo lo tenía que realizar él solo. No pudo escuchar por eso de la manera debida el pedido de las mujeres de la Sociedad de Declamadoras, quienes en resumidas cuentas le solicitaban impedir la cremación de su madre. Pero no estaba en sus manos hacer nada para cambiar los planes establecidos. Aparte de encontrarse aturdido con el rol que debía desempeñar en semejantes circunstancias, ya habían sido pagados los gastos de incineración. Aquel traje debía ser utilizado por alguien más. João no deseaba tampoco que el cuerpo de su madre se perpetuara. Con la vida que había llevado era suficiente, pensó mientras recordaba, por primera vez desde que había descubierto el cadáver de su madre al amanecer, que la lora continuaba tapada en su jaula tal como su progenitora la había dejado antes de irse a dormir. Como la mayor parte de las declamadoras no podían demostrar su tristeza más que declamando, el velorio se extendió por casi dos días para dar cabida a tantas voces. Las que no obtuvieron turno para brindar su homenaje en ese momento pidieron mostrar su arte los días siguientes, frente a la pequeña urna en la que iban a ser depositadas las cenizas de la madre muerta. Al ver que no habían podido convencer al hijo, muchas se dieron por vencidas con respecto al pedido de no incinerar a la declamadora. João las citó en la sala del departamento. Colocaría la urna sobre el sofá amarillo. Pondría a las declamadoras al frente. Debía mover un poco el televisor para lograrlo. Cuando João regresó a la casa llevando las cenizas, la notó más silenciosa que de costumbre. En un primer momento pensó que la calma imperante era producida por la ausencia de la madre. Pero de inmediato advirtió que la lora no había salido a recibirlo como solía hacerlo cada vez que llegaba. La buscó y recordó nuevamente que se encontraba en su jaula, tapada como la había dejado la madre poco antes de morir. Fue alarmado en su busca. Al sacar la tela que cubría la jaula notó que la lora se mantenía estática sobre el palo en el que solía dormir. A pesar de recibir de pronto la luz después de tanto tiempo —había pasado cerca de tres días en la oscuridad—, el ave no se inmutó. João notó que en su comedero continuaban los granos que él mismo había puesto jornadas atrás. El agua del bebedero igualmente se mantenía intacta. La lora no hizo el menor ruido al sentir a João a su lado. Lo único que deseaba João en esos momentos era dormir. No pretendía saber nada de esa ave que nunca había aprendido a hablar, como era su secreta esperanza cuando la adquirió. El vendedor que solía apostarse en una esquina de Vila Madalena incluso le aseguró que se trataba de las loras más habladoras que se podían conseguir. Pero durante el tiempo que el ave permaneció junto a su madre se limitó a imitar sólo sus movimientos. Como se sabe, movía con ánimo las alas cuando la declamadora trataba de hacer gráfica tanto la muerte del albañil como la presencia de las personas que se congregaron de inmediato alrededor del cuerpo caído. Se quedaba también junto a ella mirando atentamente la pantalla del televisor a la hora de la telenovela. La madre esperaba, a veces con impaciencia, el regreso de João para contarle los capítulos que había visto. Le decía que las historias que se entrecruzaban en la serie le recordaban las narraciones que difundió durante sus años de esplendor como declamadora, cuando era conductora de su propio programa de radio. Recordaba la esencia de las letras de las canciones de Roberto Carlos, Odair Jose, Waldick Soriano, incluso el sentimiento que expresaban Reginaldo Rossi, Sidney Magal y hasta los temas que cantaba Gretchen, quien nunca le terminó de gustar del todo. Sin embargo, con ciertos altibajos, ninguno de ellos era tan extraño y tan alejado del sentimiento popular como el tal Chico Buarque, el cantante que por instancias de su representante —el que a partir de su show en la ciudad extranjera no quiso manejarla más— fue quien ocasionó el declive de su carrera. La lora la seguía también a todas partes, sobre todo al cuarto del hijo cuando debía despertarlo… João, que se encontraba rendido de cansancio, notó que la lora estaba como congelada. Como si la hubiera tomado un repentino estado de hibernación. En ese momento lo único que anhelaba João era descansar. Ya vería después qué hacer con el animal. Habían sido jornadas agotadoras. No contó con un minuto de respiro desde que descubrió muerta a la madre. Antes de decidir ir a la cama dejó las cenizas en la mesita del centro. Al pasar hacia su cuarto miró de reojo la habitación de su madre. La cama estaba sin hacer. Le pareció entrever entre las sábanas su silueta dormida. La lora daba la impresión de estar acompañándola. Miró bien y advirtió que lo que se presentaba como el ave era sólo una esquina de la almohada. En la mesa de noche se mantenía un vaso de agua con la dentadura en su interior. Le asombró sentir de manera intempestiva un olor cotidiano. Percibió el aroma de la mujer con la que había convivido desde su nacimiento. Se mantenía inalterable. Flotando en el ambiente. Era un aroma peculiar: una mezcla de agua de colonia con ungüentos medicinales. João cayó rendido en la cama. Me contó que casi de inmediato comenzó a soñar. Curiosamente me dijo que sintió durante el sueño que le faltaba un brazo y que la parte superior de la espalda le dolía en forma constante. Advirtió entonces que se había excedido en las actividades que la muerte repentina de la madre lo obligó a realizar. Con una sola mano debió trajinar con el cuerpo de la difunta. Ofreció esa mano a la infinidad de declamadoras que se dieron cita en la funeraria. Sirvió decenas de tazas de café. La espalda le dolía como nunca. Era necesaria una sesión de masajes. Pero se dio cuenta de que él mismo era el masajista, y advirtió además que con una sola mano le iba a ser imposible volver a trabajar. João en su sueño sentía que necesitaba de una sesión urgente. Debía acudir cuanto antes a la institución en la que trabajaba. A pesar de los químicos que solían irritarle la piel extrañaba la tina de chorros subacuáticos, acostarse en las camillas para los tratamientos, sentir las manos duras del especialista tratando a toda costa de desanudar el entramado de nervios que se formaba en la parte superior de su espalda. João me dijo que en el sueño dejó de añorar la terapia cuando recordó que debía preparar el salón del departamento para recibir a las declamadoras que se habían quedado sin la oportunidad de rendir un último homenaje. Estaba en la obligación de poner un poco de orden. Empezó con la habitación de la madre. Tendió la cama, vació el vaso de la dentadura, la que guardó entre unos algodones que colocó en un cajón de la cómoda. Las paredes de aquel cuarto estaban tachonadas con los reconocimientos que el arte de su madre había ido recibiendo a lo largo de los años. Pensó en descolgarlos y clavarlos en la sala principal, donde podrían ser apreciados por las visitas. A João le sorprendió que los reconocimientos no hubiesen estado desde un principio colgados en la sala. Su madre no se caracterizaba por su modestia. Al contrario, cada vez que se encontraba con alguien hacía gala de haber innovado el arte de la declamación. Quizá lo había hecho, dejar los cuadros dentro de su habitación, para no restregarle a João su fracaso en la vida. Para la madre ser masajista era un oficio de baja estofa. Siempre lo había considerado como una suerte de pobre diablo. En el sueño de João llegaron todas las declamadoras de improviso. Dijeron que se habían demorado porque antes habían tenido que pasar a firmar unos contratos con los locales de karaoke que se estaban instalando en la ciudad. Parece ser que esos lugares necesitaban ahora urgentemente de sus servicios. Quizá no lo sabían, tal vez porque habían estado demasiado abstraídas en los pormenores del funeral, pero posiblemente se había inventado una nueva forma para sacar partido comercial de las voces humanas.

A João le avergonzó admitirlo frente a las declamadoras, pero ya había dado la cuota inicial para adquirir uno de esos locales. Lo había hecho a pesar de temer que su falta de brazo le iba a impedir realizar un negocio semejante. En el sueño que estaba experimentando imaginaba la existencia de una cláusula en el código mercantil que les impedía instalar negocios a los ciudadanos carentes de algún miembro del cuerpo. Sin saber exactamente por qué, João en su sueño recordó de pronto que el tema principal que interpretaba el cantante Waldick Soriano —tan apreciado por su madre— narraba la fábula de alguien que llega a tener relaciones con su tatarabuela. La letra no era de ninguna manera realista, parecía ser más bien una crítica a la creciente cantidad de mujeres de edad madura que solían acudir disfrazadas de muchachas a las fiestas que se organizaban en las afueras de los poblados. La balada de Waldick Soriano, en la que un joven *malandro* acaba entregándose al embrujo de una atractiva y misteriosa mujer —arreglada como una joven por acción del uso excesivo de maquillaje, de pelucas y de implantes en el cuerpo—, fue un éxito rotundo durante varios meses. En todo Brasil parecía no escucharse otra melodía que no fuera *La sorpresa*, que era el nombre de la canción. La madre la comenzó a declamar cuando el tema todavía estaba en su esplendor. Generalmente nunca hacía algo semejante. Acostumbraba, por el contrario, rescatar composiciones cuando ya se encontraban en decadencia. Buscaba quizá de ese modo otorgarles, a través de la declamación, un nuevo sentido. En cierta forma sentía una suerte de orgullo al colocar nuevamente en primer plano melodías que el público comenzaba a olvidar. Creía que ese rescate era una de las razones del éxito de su programa de radio. Triunfo que, principalmente por su conducta ante algunas situaciones de la vida concreta, no le deparó jamás un aporte económico significativo. Pese a su habitual manera de trabajar, escogió interpretar *La sorpresa* en el momento de su mayor auge. Lo hizo porque descubrió en su representación la posibilidad de crearle otras dimensiones a su oficio. Vio en ese momento la opción de darle vislumbres de carácter histriónico a sus futuras presentaciones. Aunque en apariencia se trataba de un tema bufo, de una historia que podía ser contada en clave humorística, la letra que interpretaba Waldick Soriano era extremadamente dramática. Sobre todo al final, cuando después de descubrir la situación en la que se encuentran involucrados el malandro mata a la anciana utilizando un puñal. La tatarabuela, lo dice la canción, había sido hermosísima en la juventud y todavía ahora, a los ochenta y dos años, conservaba la estatura majestuosa, la escultural cabeza, los hermosos ojos y la nariz griega. Con ayuda de ello, polvos de arroz, carmín, peluca, dentadura postiza y el trabajo de las más hábiles modistas del poblado lograba mantener una aceptable posición entre las mujeres que acudían a los bailes. El tataranieto, mientras asestaba las cuchilladas iba despojando, poco a poco, a la víctima de sus abalorios hasta dejarla mostrando su verdadera dimensión. Según mi masajista, la madre declamadora hacía proezas con las manos cuando narraba la escena del joven con la anciana frente al público. Lograba transmitir, no sólo con la voz sino con todo el cuerpo, algo así como la fuerza del engaño, del incesto, de la vergüenza que debían sentir los partícipes de una situación semejante. Cuando le pregunté al terapeuta cómo se había enterado el malandro de que la mujer con quien se había adentrado a los arbustos, que se extendían alrededor de la pista de baile, era su tatarabuela, me respondió que se trataba tan sólo de una canción más de Waldick Soriano, donde los sucesos que se van presentando no requieren nunca de una explicación mayor... João siguió soñando hasta que una voz aguda lo despertó. Seguramente fueron muchas las frases que se emitieron, pero João sólo alcanzó a oír dos con claridad: *"No puedo más con el dolor"*, y *"Besó a su mujer como si fuese única"*. La primera remitió a João de inmediato a la paciente de la pierna cortada, y la segunda a una estrofa de la canción que su madre pensó la había llevado a la ruina. De pronto volvió a mantenerse el silencio en el departamento. João se levantó, lo recorrió y no encontró nada fuera de lo normal. La televisión estaba apagada y las cenizas de la madre se encontraban colocadas en el centro de la mesa. La lora seguía manteniendo su actitud catatónica. Todo esto me lo fue contando mientras terminaba con mi masaje y trataba de alinearme las cervicales. Fue una suerte que ese día yo fuera el único paciente. Eso me permitió escuchar casi completa la historia del repentino adelgazamiento de João. Me interesaba sobremanera el asunto, pues yo en ese tiempo estaba tomando unas medicinas cuyo efecto colateral era la progresiva deformación del cuerpo. El proceso se producía a través de la desorganización de las grasas corporales, lo que daba como resultado que algunas partes se mostraran abultadas y otras totalmente magras. No a la manera de las personas normales, sino que precisamente donde debía haber grasa dejaba de producirse para trasladarse a una zona donde habitualmente ésta no existe. Antes de terminar la sesión le pregunté a João quién había hablado en su departamento en mitad de la noche. Me contestó que había sido la lora. Mientras intentaba hacer más flexibles los músculos de mi espalda continuó diciéndome que mientras se encontraba ocupado con los trámites propios del funeral, la mujer de la pierna fantasma había llamado varias veces al teléfono de su casa. Necesitaba con urgencia las palabras del masajista. Su dolor era insoportable. Todo esto lo dejó expresado en la contestadora automática. Mientras estuvo tapada en su jaula, la lora escuchó la infinidad de mensajes emitidos por la mujer, y los empezó a repetir desde la noche en que João llegó a la casa portando las cenizas de su madre. Parece que desde entonces el animal se desató, pues repitió esa misma noche, casi ya al amanecer, las estrofas completas de la canción de Chico Buarque. Hizo una serie de combinaciones con las frases, incluso en mayor cantidad de las que contiene el tema original. Desde ese día la lora salió del estado en el que João la había encontrado. No pudo explicarme a qué se debió semejante cambio, pero me dijo que no sabe qué hacer ahora con el animal. Cuando comenzó a hablar tuvo que cancelar el homenaje que pensaban realizar en su casa las declamadoras que lo habían solicitado. Me dijo que la lora lo despertaba todas las mañanas a las seis, utilizando el tono exacto de voz empleado por su madre para hacerlo. Que cuando regresa del trabajo, tarde y cansado, algunos vecinos del edificio le cuentan que esa tarde escucharon a su madre narrar la historia de un albañil que se embriaga, se mece en el aire y cae violentamente al suelo. Muchos vecinos creen que el fantasma de la madre muerta está presente en el cuerpo del ave. Algunos consideran ya a la lora como si fuera su madre. De la misma manera como la mujer que sufre de dolores terribles en una pierna inexistente, João parece contar ahora también con una madre fantasma. Los vecinos hablan de ella como si fuera su progenitora. Suelen decirle, cuando el ave se escapa de vez en cuando, que han visto a su madre trepada en la copa de un árbol cercano donde repite la frase *"João, es hora de levantarse"*, hasta el infinito. El terapeuta ignora la manera en que las integrantes de la Sociedad de Declamadoras se enteraron del asunto. Hace pocas semanas lo llamaron para pedir una cita. Querían ser recibidas en el departamento y llevar la mortaja que confeccionaron en su momento para la madre. Deseaban que el hijo la guardara. Quizá podría servir, haciéndole ciertos arreglos, para cuando la lora muera, aunque para nadie es un secreto la longevidad que alcanzan estas aves. A João no le quedó otra opción que aceptar. Adecuó la sala de manera conveniente. Clavó en las paredes los diplomas de la madre que, en efecto, tanto en el sueño como en la vida real se encontraban colgados en la habitación. Apartó el televisor y colocó a la lora en el centro del sofá amarillo. A las integrantes de la Sociedad de Declamadoras no les hizo falta ni un minuto, luego de contemplar fijamente a la lora, para saber que se trataba de la madre muerta. Lo corroboraron cuando el ave declamó completa la letra de una canción de Roberto Carlos. Al masajista le ha comenzado a suceder lo mismo, sobre todo cuando la lora se queda quieta mirando en la televisión los capítulos de una novela cuyo final la madre no alcanzó nunca a apreciar. Aunque en cierta ocasión la lora adelantó que los capítulos acabarían cuando un albañil cayera pesadamente desde lo alto de un edificio en construcción... Mientras tanto yo, a pesar de los cuidados que me brinda João cuando me encuentro en la ciudad de São Paulo, estoy cada vez más contrahecho y deforme. La falta de antebrazo es una marca de nacimiento aunque claro, a lo largo de la vida he ido adquiriendo algunas enfermedades más, muchas de ellas incurables. Este cuerpo me molesta, podría concluir. Sin embargo, un tema semejante, el del estorbo del cuerpo, podría ser el pretexto perfecto para un número de declamación propio de la madre de João, o para un albañil que prefiere volar como un pájaro antes de seguir manteniendo una vida fantasma —tanto o peor que la de una pierna sin asidero, que la de una madre convertida en loro, o la del físico que se va transformando en una masa irreconocible—. La excusa adecuada para alguien que prefiere saltar al vacío en lugar de llevar una existencia tan previsible que puede ser capaz de estandarizarse en una canción, o que corre el peligro de mantener relaciones ilícitas con su propio antepasado.

Clínica especializada en personas que han perdido o están por perder algún miembro.

Espacio para las camillas individuales.

Lugar vacío dejado por la pierna mutilada.

Hombre que todavía guarda la ilusión de
considerarse un ser completo.

Madre de mi terapeuta favorito.

Joven que asesinó a su tatarabuela dentro de una
canción popular.

Cantantes brasileños.

Edificio del que cae el protagonista de la canción *Construcción*.

Lora que João le regaló a su madre.

Juguete para loros.

Punto de la ciudad donde comenzaron a instalarse los karaokes.

Parque donde suelen reunirse los declamadores.

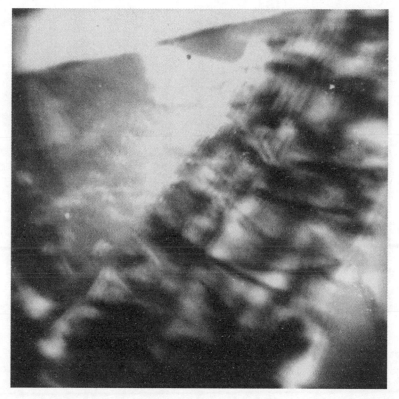

Mortaja que las declamadoras ofrecieron a João.

Presidenta de la Sociedad de Declamadoras.

Urna donde depositaron las cenizas de la madre muerta.

Habitación de la madre de João.

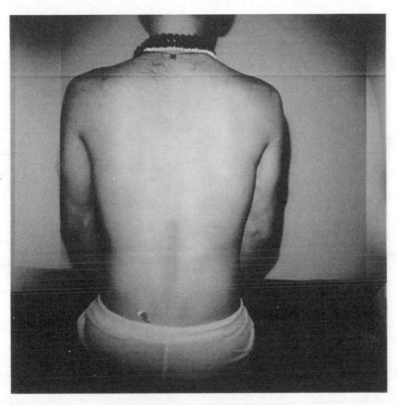

Espalda de João dentro del sueño.

Local de karaoke por el cual João pagó una cuota inicial.

Mujeres de edad madura que acostumbran acudir
vestidas de muchachas a las fiestas populares.

Cantante Waldick Soriano.

Vecinos de João que aseguran escuchar en forma
constante a la madre muerta.

Lugar perfecto para saltar al vacío.